SUFLETE CAPTIVE

Poveşti neobişnuite
despre vieţi obişnuite

Dama de Treflă

SUFLETE CAPTIVE

Poveşti neobişnuite
despre vieţi obişnuite

Bookzone
BUCUREŞTI, 2020

ISBN 978-606-9008-70-6

Redactor: Crina Brăiloiu
Grafică de copertă: Maria Stoian
Tehnoredactare: Alexandra Cătuneanu

Editura Bookzone
Șoseaua Berceni nr. 104, sector 4 București
Comenzi și informații:
Telefon: +40 774 091.579; +40 770 584.429
E-mail: office@bookzone.ro

www.bookzone.ro

Dama de Treflă

SUFLETE CAPTIVE

Povești neobișnuite despre vieți obișnuite

Bookzone
BUCUREȘTI, 2020

ISBN 978-606-9008-70-6

Redactor: Crina Brăiloiu
Grafică de copertă: Maria Stoian
Tehnoredactare: Alexandra Cătuneanu

Editura Bookzone
Şoseaua Berceni nr. 104, sector 4 Bucureşti
Comenzi şi informații:
Telefon: +40 774 091.579; +40 770 584.429
E-mail: office@bookzone.ro

www.bookzone.ro

„Suflete captive” este o carte născută din acele constrângeri, mai mici sau mai mari, pe care le trăim cu toții, zi de zi.

Pentru toți cei care nu s-au dat bătuți

Ți-am adus flori!

De cele mai multe ori, singuri, de bunăvoie, ne
îngrădim orizonturile, refuzând să căutăm soluții.
Din cauza fricii de nou.

Viața nu ne închide toate ușile odată,
ci le închide pe rând.

Putem găsi mereu o ușă deschisă undeva, cumva,
dacă suntem suficient de curajoși să pășim
peste anumite praguri.

***

— Ți-am adus flori. Să nu zici tu că nu sunt eu bărbat ca lumea. Că nu te iubesc.

— Unde sunt?

— În chiuvetă. Ce, voiai să se pălească?

În chiuvetă o aşteptau, într-adevăr, şapte garoafe pe jumătate ofilite. Cinci roşii şi două albe.

Garoafe... Ca la mort... a gândit ea.

Oricum, era mai bine decât nimic. În zece ani de căsnicie florile au reprezentat maximumul de apreciere şi gestul suprem de iubire pe care îl făcuse pentru ea. Dacă mai putea fi vorba de apreciere şi de iubire între ei.

Se luaseră din dragoste, aşa credeau. Ea avea 17 ani pe atunci, era frumoasă şi învăța bine, dar nu prea existau posibilități. Cu un tată care bea tot ce câştiga şi cu o mamă care nu se descurca singură, ce posibilități să ai?

Era în clasa a XI-a la Industrial, când l-a cunoscut pe Cornel. A atras-o maturitatea lui. Fiind cu şapte ani mai mare, părea cumva mult mai bărbat decât toți băieții care roiau în jurul ei.

Cornel avea palme bătătorite şi brațe puternice. Lucra ca mecanic auto, câştiga binişor şi îi plăcea să o asculte. Nu era genul care să îşi dea prea mult cu părerea, nu îi plăcea să intre în polemici. Îi plăcea să tacă şi să facă.

O ajuta din când în când cu bani şi îi mai cumpăra uneori haine, câte un trandafir roşu.

După câteva luni de când s-au cunoscut, a cerut-o de nevastă. Nu era pregătită. O îngrozea gândul. Ar fi vrut şi ea să ducă o viaţă ca a celorlalte colege, dar ştia că nu se poate.

Nu erau posibilităţi. Aşa că a acceptat.

Taică-su a zis bogdaproste că a scăpat de o cheltuială.

Maică-sa a plâns. De parcă ştia ea ce o să urmeze. Dar n-a oprit-o.

Avea aproape 20 de ani când l-a născut pe Andrei. Lucrurile deja începuseră să scârţâie între ea şi Cornel, dar a sperat că o să se îndrepte totul, odată cu venirea copilului.

Şi-a dat seama mai târziu că, odată intrate pe un astfel de făgaş, lucrurile nu se mai îndreaptă.

A luat garoafele din chiuvetă şi le-a pus într-un borcan de opt sute. Ştia că florile alea nu sunt pentru ea. Ce alinare să-i mai aducă ei? Florile erau tot pentru el, ca să se simtă mai bine, să aibă impresia că a îndreptat ce a stricat.

Dar cum repari, cu o garoafă, o vânătaie şi o demnitate făcută bucăţi?

— Ce avem de mâncare?

A tresărit uşor la auzul vocii lui. De la o vreme, orice ar fi întrebat-o, avea o urmă de ameninţare.

— Ciorbă de cartofi.

— Fără nimic?

— Fără!

— Da' ce-ai de eşti nervoasă? Pune-mi un pahar de bere!

— Pune-ţi şi singur!

— Ce-ai zis, fă?

Aceeaşi poveste trăită de o mie de ori, zi de zi, de mai multe ori pe zi. Nici nu mai ştie de cât timp, dar pare că de când se ştie. Nici nu îşi mai aminteşte cum e viaţa fără ceartă, fără bere, beţie, bătăi, fără tot cercul ăsta nenorocit care se tot învârte şi o ameţeşte. Dacă ar putea să scape, ar face-o, dar nu ştie cum, nu are cum. Unde să se ducă?

Aşa că stă aici şi înghite în sec, tace. Când nu mai poate să tacă, încearcă şi câteva reproşuri. Dar reproşurile dor, la propriu, a învăţat pe pielea ei, aşa că mai uşor cu reproşurile, dacă vrei să mergi până la magazinul din colţ fără să îţi fie ruşine de cum arăţi.

Iar şi-a încleştat mâna pe gâtul ei. Miroase a motorină şi a ulei. N-ai cum să scoţi mirosul ăsta din piele după atâţia ani. Nici nu mai bagă în seamă durerea, s-a obişnuit. Ştie că de data asta doar o ameninţă, îi arată el ei cine e şeful. Îi arată el cine e bărbatul.

Halal bărbat ţi-ai luat şi tu, mamă! Ăsta te bagă în mormânt!

Atât i-a zis mă-sa când a văzut-o prima oară bătută. Atât. N-a plâns, n-a blestemat, nu i-a zis să vină acasă. Unde să vină cu un copil şi fără serviciu? Cu ce să trăiască?

Tu l-ai ales.

Şi avea dreptate, ea îl alesese.

Cea mai proastă alegere din viaţa ei.

— Ce-ai zis, fă?

— Să-ţi pui şi singur, a reuşit să spună sugrumat.

I-a dat drumul şi a scuipat pe jos. Tot ea o să şteargă. A plecat din bucătărie, apoi, din apartament.

— Lua-te-ar dracu' să te ia!

A oprit aragazul pe care se încălzea ciorba, apoi a şters unde a scuipat Cornel. Gâtul o durea mai tare acum.

Halal bărbat ţi-ai luat şi tu, mamă! Ăsta te bagă în mormânt!

Şi dacă o bagă în mormânt, ce? Oricum are o viaţă de căcat. Aşa i-ar fi mai bine. Tuturor le-ar fi mai bine. Să vadă şi Cornel ce greu e să nu aibă cine să îţi pună o amărâtă de ciorbă de cartofi *fără nimic* pe masă şi să îţi şteargă flegmele de pe jos.

— Mami?

Uitase de Andrei. El e singurul care i-ar duce cu adevărat dorul. Ce s-ar face el fără ea, la doar şapte ani? Animalul de taică-su l-ar trimite la cerşit sau l-ar da în plasament. Nu... Pentru Andrei trebuie ea să trăiască, să îndure, să tacă, să accepte lanţul ăsta care i s-a prins de gleznă în momentul în care a spus *Da*.

Ce o fi fost în capul ei?

— Da, mami?

— Mi-e foame.

Vocea lui frântă şi timidă i-a rupt inima, pentru a mia oară. Andrei nu e ca toţi ceilalţi copii de vârsta lui. Nu ridică niciodată vocea, nu plânge decât rar, nu râde prea tare, nu se ceartă cu nimeni, nu are prieteni. Trăieşte în lumea lui, undeva departe de realitatea crudă în care trăiesc Ileana şi Cornel. E ca o pisică sperioasă care nu îţi stă niciodată în cale.

— Aşază-te la masă.

I-a turnat un polonic de ciorbă în castronul albastru, ciobit şi l-a pus în faţa lui.

— Ai grijă, că arde.

— Mami?

— Da, puiule?

— Te doare?

A arătat spre ochiul ei stâng. Şi, da, o durea al dracului de tare. Mereu durea. Întotdeauna loveşte la ochi, ca să doară, ca să vadă şi restul lumii cât e el de bărbat. Nenorocitul!

— Nu.

— Şi atunci de ce plângeai azi-noapte?

Cine mai ştie? Plângea de nervi, de frustrare, de durere, de neputinţă. Plângea pentru că era singura cale prin care putea să scoată afară toată furia aia dementă care fierbea în ea. Plângea ca să-i dea lui satisfacţie.

Plângi ca o căţa nenorocită ce eşti. Aşa meriţi!

— De nimic.

Şi-a mâncat în linişte ciorba şi felia de pâine, apoi a plecat în camera lui. Ştia că e mai bine să nu fie martor la unele lucruri.

Cornel s-a întors târziu. A găsit pe altcineva care să-i toarne bere în pahar. I-a turnat de toţi banii. La propriu.

Pe Ileana au trezit-o bătăile puternice în uşă. Când a deschis, Cornel aproape s-a prăbuşit peste ea.

— Ce dra...?

— Tu să taci, fă! a urlat el din toţi rărunchii.

Cornel a vomitat în hol.

Ileana a şters.

Cornel a trezit vecinii.

Ileana şi-a cerut iertare.

Cornel a adormit în mijlocul patului, şi aşa mic.

Ileana a dormit pe scaun.

Andrei s-a trezit şi el, dar şi-a tras pătura peste cap şi a pretins că nimic din ce se întâmplă nu e adevărat. Când ai şapte ani şi tatăl tău ajunge acasă aşa cum ajungea adesea Cornel, e mai bine să pretinzi că nu ţi se întâmplă ţie toate astea.

A doua zi o ia de la capăt. Cornel pleacă la muncă mahmur. Andrei pleacă nedormit la şcoală, iar l-au ţinut treaz urletele şi sforăiturile lui taică-su. Ileana rămâne singură cu gândurile ei. Face curat. Spală haine, la mână, în secolul XXI. Şi priveşte cum i se răsuceşte tot mai mult lanţul în jurul gleznei, cu fiecare zi care trece la fel. Nu o mai doare vânătaia, dar o ustură neputinţa.

Ce ar putea ea să facă mai mult?

Nu şi-a terminat liceul, n-are nicio calificare. Apartamentul e al lui Cornel. Îl are şi pe Andrei. Unde să se ducă? Cine te ia cu copil mic? La mă-sa n-are unde să stea. Oricum nu ar mai face încă o dată greşeala de a fugi de un beţiv în braţele altui beţiv, sau în casa unuia.

Nu, trebuie să mai îndure, câţiva ani măcar, până se face Andrei mai mare şi poate să o apere, să o scape de aici, poate.

Mai are doar jumătate de pungă de fasole. Dacă face ciorbă, iar, i-o aruncă pe geam sau i-o toarnă în cap. Trebuie să o facă bătută, să ia şi un cârnat, ceva, să nu fie *fără nimic*. De parcă ştie el cum e să dai banii pe altceva în afară de ţigări şi băutură.

Îi lasă bani cu porţia, când îşi aduce aminte, dar se descurcă ea şi cu puţin. Aşteaptă alocaţia ca pe o mare sărbătoare. Banii ăia ar trebui să fie ai lui Andrei, să îi ia dulciuri de ei, dar nu îşi permit luxul ăsta.

Mai are o sută de mii, toți banii. Sunt din ăia de zile negre. I-a dat Andrei când s-a întors de la colindat, ca să nu-i găsească Cornel. Poate să cumpere un kilogram de fasole şi vreo doi cârnați de ei. O să-i împartă în patru, două bucăți pentru Andrei şi două pentru Cornel. Ea n-are nevoie. Pentru ea e bună fasolea şi *fără nimic*.

Oglinda din hol îi plânge de milă. Dar ei nu îi pasă. De ce i-ar păsa? Vecinii ştiu că o bate, se aude tot prin pereții subțiri, nu e de mirare că a auzit-o Andrei plângând, chiar dacă a încercat să o facă în linişte. Vânzătoarea de la magazinul din colț ştie şi ea că o bate, doar a văzut-o de atâtea ori cu ochii vineți. O judecă toți, pe ea mai mult decât pe el. Despre el ştiu că e un animal de când a căzut în patima băuturii, mai nou, şi în aia a jocurilor de noroc. Dar pe ea o judecă mai mult. Pentru că stă cu el. Pentru că acceptă să o bată, să o înjure, să o scuipe, să o înjosească în halul în care o face. O judecă pentru că e slabă şi nu pleacă. Pentru că nu face nimic.

Unde să plece?

Afară e primăvară în toată puterea cuvântului. Au înflorit corcoduşii din spatele blocului. Două rândunici se îmbrățişează gălăgios. Alaltăieri nu se întorseseră.

O deranjează lumina în ochiul lovit, dar n-are ce să facă. La început, încerca să îşi ascundă vânătăile. A renunțat de mult. Ce rost are? A învățat să le poarte cu urma aia de demnitate care i-a mai rămas. Măcar să vadă şi restul lumii ce nenorocit de bărbat are.

— Săru' mâna, tanti Olimpie!

Tanti Olimpia o privi de după o pereche groasă de ochelari. Era un fel de mamă pentru ea. Îi mai dădea câte ceva pe datorie, o mai ajuta cu un sfat, mai avea grijă de Andrei în zilele proaste ale lui Cornel.

— Să trăieşti!

Atât. Renunţase la încercările de a o convinge să-l lase pe Cornel. Se mulţumea să îi privească vânătăile cu subînţeles, să îşi facă cruce şi să o compătimească.

— Ce-ţ' trebuie?

— O pungă de fasole, d-aia la şaizeci de mii, şi nişte cârnaţi de restul.

I-a întins bancnota de o sută de mii şi a aşteptat să primească ce a cerut.

— S-a făcut şaptejde mii fasolea.

— De când?

— De săptămâna trecută. Aşa e peste tot. Şi noi o luăm mai scump, oricum de-abia ne alegem cu câştigu' din pagubă. Îţi dau cârnaţi d-ăia ieftini de restul, dacă vrei, şi tot aşa ieşi.

— Nu-i plac ăia.

Dacă nu îi plac, iar e rost de scandal. A învăţat să evite orice scandal care poate fi evitat. Ultima dată, a aruncat toată mâncarea în wc şi a trebuit să cumpere pe caiet altceva.

— Trece-mă pe caiet cu diferenţa.

A luat punga şi a ieşit afară. O aştepta acelaşi soare orbitor şi dureros. Pentru o clipă, i s-a înceţoşat privirea. A lovit pe cineva. N-a văzut pe cine.

A durat cinci secunde să se obişnuiască din nou cu lumina.

— Îmi pare rău! Mă scuzaţi, nu v-am văzut!

— Ileana?

Îl cunoştea pe bărbatul ăsta? Părea să aibă în jur de 30 de ani sau chiar mai puţin, era proaspăt ras şi curat, mirosea a parfum şi era cu un cap mai înalt decât ea.

— Da...

— Sunt George. Nu mă mai ştii?

George... Doamne, era George. Cum să-l uite? Cât se schimbase! Ultima dată când îl văzuse era doar un puşti cu un început timid de mustaţă. Acum, era bărbat în toată firea. Dar avea aceeaşi linie a mandibulei, aceiaşi ochi căprui adânci.

O rază de lumină i-a făcut ochiul să lăcrimeze şi i-a amintit de vânătaie. Pentru prima dată, după mult timp, îi era ruşine că ieşise aşa din casă.

— Ileana, eşti bine?

— Da. Îmi pare rău că am dat aşa peste tine!

— Nu... Vreau să zic...

Nu, nu era bine deloc. Dar ce putea să facă?

— Da. Sunt bine.

A făcut stânga-mprejur şi a plecat. La urma urmei, trecuseră cât? Zece ani? Ce rost mai avea?

— Aşteaptă!

Dar n-a aşteptat. Avea mâncare de făcut. Andrei trebuia să se întoarcă de la şcoală. Avea lecţii. A încercat să nu-l audă pe George strigând-o. Şi-a înăbuşit plânsul şi a mers mai departe.

S-a prăbuşit în hol, după ce a închis uşa, şi a plâns în hohote.

Uite ce bărbat putea să aibă lângă ea. Uite ce tată pentru Andrei... Ce viaţă. Uite la ce a dat cu piciorul în ziua aia.

Îşi aminteşte de parcă ar fi fost ieri.

***

Era o zi exact ca asta. Caldă. Cu mult soare. Înfloriseră toți corcodușii din curtea liceului. Toți se pregăteau să intre la ore. Numai ea îl aștepta pe Cornel să vină să o ia cu Dacia lui albă.

— Ileana, iar pleci?

— Da. Vine Cornel să mă ia.

— Dar avem teză la mate, mai târziu.

— Şi?

— Dacă nu vii la teză, te lasă corigentă.

— Să mă lase. Oricum o să renunț.

— La ce?

— La liceu. Mă mărit.

— Cu Cornel?

— Da' cu cine crezi?

Ştia că George o place, deşi el nu îi spusese niciodată. O ajuta mereu la matematică şi îi mai recomanda din când în când câte o carte care îi plăcea mult.

Existaseră priviri şi atingeri cu subînțeles. Existaseră tachinări stângace. Dar nimic mai mult.

Nici ei nu îi era indiferent, şi poate că s-ar fi legat ceva dacă nu ar fi apărut Cornel în peisaj.

Adevărul e că, pentru o fată care a dus viața pe care a dus-o ea acasă, alegerea între Cornel şi George nu ar fi fost niciodată prea grea.

Ea avea nevoie de un bărbat care să îi ofere stabilitate, în special financiară. Iar Cornel avea serviciu, în timp ce George se mulțumea cu banii de buzunar pe care îi dădeau ai lui. Cornel era ancorat în lumea reală, ştia ce înseamnă viața. George trăia cu cărțile sale, era prea visător.

Ea avea nevoie de un bărbat care s-o scape cât mai repede de traiul de acasă. Şi a crezut că e Cornel acel bărbat.

N-ar fi fost deloc o alegerea grea.

Nu atunci.

— O să te strici! a strigat în urma ei.

— Cum adică, o să mă stric?

— O să te strice el, dacă te măriți... Termină-ți măcar liceul.

— N-am nevoie.

— Ileana, greşeşti.

— De ce greşesc? Că aleg să mă mărit cu un bărbat care poate să aibă grijă de mine, în loc să putrezesc într-un liceu de doi bani cu un băiețandru care n-ar putea să-mi ofere nimic?

A plecat lăsând în urma ei un băiat care, chiar dacă atunci nu i-ar fi putut oferi mai nimic, era dispus să muncească pentru a-i putea oferi totul.

Acum ştie asta. Dar acum e prea târziu ca să mai poată schimba ceva.

S-a ridicat. A pus fasolea la fiert. A curățat ceapa. A plâns iar, însă nu din cauza cepei.

Când s-a întors Andrei de la şcoală mirosea a fasole bătută pe toată scara.

— Mami, ți-am adus mai mult lapte azi. Mi l-au dat pe al lor Radu şi Maria. Îmi faci fidea cu lapte diseară?

A aruncat o privire spre raftul pe care se afla fideaua. I-ar fi ajuns să-i facă o porție. Era plăcerea lui nevinovată. Nu cerea niciodată dulciuri atunci când mergea cu ea la magazin. Ştia că nu sunt bani destui. Se mulţumea cu gem pe pâine şi clătite, de cele mai multe ori.

Învăţase de mic să nu ceară lucruri pe care nu le putea primi. Dacă nu cerea, nu avea cum să fie refuzat. Iar Andrei era acel gen de copil pe care refuzurile îl dureau. Îl dureau pentru că îi dădeau impresia că e vina lui, că nu e suficient de bun pentru a primi acel ceva pe care şi-l doreşte.

— Îţi fac.

Andrei a dat să iasă din bucătărie, apoi s-a întors sfios.

— Mami?

— Da, puiule?

— De ce eşti tristă?

— Nu sunt tristă. Uite, vezi?

A zâmbit cald sperând că o să-i încălzească şi lui sufletul, dar, la cei şapte ani ai săi, Andrei era mai matur decât ar fi trebuit.

— Ai plâns.

I-a atins obrazul cu mâna lui firavă şi a sărutat-o pe frunte.

— Când o să mă fac mare, o să te apăr eu.

L-a strâns tare la pieptul ei. Şi-a amintit încă o dată de ce suportă viaţa asta de nimic. A simţit pentru o secundă că lanţul rece din jurul piciorului îşi slăbeşte strânsoarea, apoi Andrei s-a desprins de ea şi a plecat în camera sa, la lecţii, iar lanţul s-a strâns la loc.

Cornel a venit târziu. Din nou. Nu era treaz, dar nici beat mort. O seară obişnuită.

Şi-a mâncat în linişte fasolea cu cârnați, fără să comenteze. Ileana a rămas să strângă, să spele, să aşeze.

Când s-a întors în sufragerie, Cornel întinsese deja canapeaua pe care dormeau amândoi. Cu o mână ținea telecomanda, şi cu cealaltă, paharul de bere.

I-a ieşit jegul prin piele, a gândit Ileana privindu-i mâinile bătătorite pe care încă se mai vedeau pete de ulei.

Cândva, demult, îi plăcea atingerea acelor mâini, acum, când ştie cât de tare pot lovi, se teme şi de mângâieri.

– Nu vii încoa?

S-a aşezat la marginea canapelei care le servea drept pat, cu mâinile pe coapse.

Ştia ce înseamnă asta. Era obişnuită să se aşeze în pat după ce adormea el. Dar mai erau, destul de rar, şi seri în care Cornel dădea pe dinafară de romantism şi îşi amintea că are o soție care îi poate satisface acele nevoi pe care nu reuşea să le satisfacă berea, oricât de blondă sau de brună ar fi fost ea.

Nu contează de câți ani trăieşti cu un om, nu contează că ai un copil cu el şi nu contează că l-ai iubit cândva, dacă a ajuns să îți fie silă de el, atunci când pune mâna pe tine cu gândul de a face sex, tot viol se cheamă.

Ileana trăia de ani buni acest fel de viol. Se obişnuise. Cu cât mai dese erau nopțile de beție, cu atât mai rare erau cele de *iubire.* Şi nu dura niciodată prea mult. Totul se încheia cu horcăiturile şi grohăiturile dezgustătoare ale lui Cornel. Ea nu mai simțea nimic în acele momente, totul devenea un vid în care se pierdea. De plăcere, nu putea fi vorba, nu că i-ar fi păsat cuiva de plăcerea ei, cu atât mai puțin soțului său.

Când încetau horcăiturile, fiecare se refugia pe partea sa de pat şi adormeau, spate în spate, cu alte gânduri.

***

O săptămână mai târziu a venit alocația. Din vânătaie mai rămăseseră umbre verzui doar.

Ileana a plecat la magazin să îşi achite datoria. Nu lăsa niciodată să se strângă prea mult, pentru că ştia că i-ar fi fost greu să achite, iar de la Cornel nu scotea cine ştie cât, nici măcar în ziua de salariu.

— Săru' mâna, tanti Olimpie!

— Să trăieşti! Văd că eşti mai bine.

Şi-a dus involuntar mâna la ochi, dar a retras-o rapid.

— Ce-ț' trebuie?

— O pungă de orez şi nişte ceapă. Şi să mă tai după caiet, că ți-am adus banii.

Chiar înainte să iasă din magazin, tanti Olimpia a chemat-o înapoi.

— Ileană! Vino-ncoa un minut. Am uitat să-ți dau ceva.

— Ce e?

— A lăsat un băiat ăsta pentru tine, săptămâna trecută.

I-a întins un plic alb pe care nu scria nimic. Înăuntru erau două bancnote de un milion.

— Ce băiat?

— A venit săptămâna trecută să îşi cumpere ţigări, după ce ai cumpărat tu fasole. M-a întrebat dacă te ştiu.

— Şi?

— I-am spus că te ştiu.

— Atât?

— M-a întrebat ce mai faci, cum o duci. Te văzuse bătută.

— Şi mata te-ai apucat să baţi toba prin magazin cu străinii că mă bate pe mine Cornel şi ce nenorocit e el şi cât de proastă sunt eu că stau, nu?

— Ileană, mamă, te superi degeaba, că n-a fost aşa.

— Ţine-i. Să-i dai înapoi dacă mai vine. Spune-i că n-am nevoie de banii lui.

Şi-a luat punga şi a plecat. Acasă a plâns iar. De ruşine. De ruşine că i s-a făcut lui George milă de ea. De ruşine că avea dreptate să îi fie milă.

Andrei a venit mai devreme de la şcoală. S-a lovit la mână şi îl durea tare. A încercat să-i dea de toate. N-a trecut nici cu gheaţă, nici cu antinevralgic. N-a trecut cu nimic.

Când s-a întors Cornel de la muncă, Andrei plângea.

— Ăsta ce-are?

— Îl doare mâna stângă. A căzut şi s-a sprijinit în ea. Nu îi trece cu nimic.

— Dacă e bleg.

— E copil.

— Dacă nu era bleg, nu cădea.

— Trebuie dus la doctor.

— Îi trece până mâine.

— Şi dacă nu îi trece?

Cum nu avea răspunsurile la el, a preferat să tacă şi să ridice din umeri.

— Lasă-mi nişte bani şi mă duc eu mâine cu el.

— De unde bani? Tu crezi că banii cresc în pomi?

Durerea n-a trecut de la sine peste noapte. Mâna lui Andrei se umflase, iar suspinele nu încetau.

Nu poți să te duci la doctor cu doar trei sute de mii în buzunar. Nu te bagă nici dracu' în seamă, cu banii ăştia.

În drum spre spital, au trecut pe la magazinul din colț.

— Tanti Olimpie, mai ai plicul ăla?

— Acu' îi vrei?

A arătat spre mâna umflată a copilului.

— O să-i dau înapoi.

De cele mai multe ori, e greu să fii mamă. Câteodată trebuie să strângi singură lanțul ăla nenorocit în jurul tău.

***

— E ruptă?

— Tu ce crezi?

Cornel s-a uitat lung la ghipsul copilului. Andrei nu mai plângea, durerea începuse să treacă, dar trebuia să poarte ghipsul câteva săptămâni.

— Ai văzut că a mers şi fără bani?

Două sute de mii asistenta, un milion doctorul, încă trei sute de mii la ghips.

La final, îi mai rămăseseră nişte bani de medicamente, ca să nu-l mai doară, şi de o îngheţată.

Era duminică dimineaţa. Cornel nu lucra duminica, decât atunci când avea vreun ciubuc de făcut pentru cineva. Andrei ieşea, de obicei, să se joace în faţa blocului sau îşi făcea lecţiile cu tanti Olimpia. Nu-l ajuta cu nimic, dar îi plăcea să aibă pe cineva lângă el, să nu fie singur cu gândurile lui.

— Ai treabă azi?

— De ce?

— Întrebam şi eu.

Şi-a făcut de lucru cu farfuriile. El fuma lângă ea. Cele mai lungi zile erau alea în care stăteau amândoi acasă.

— Mami? Mă duc la tanti Olimpia să îmi fac lecţiile.

— Ce dracu' te învaţă pă tine baba aia?

Andrei a lăsat privirea în pământ. Îi era frică de Cornel. Nu îl bătuse niciodată, dar ţipa adesea la el. Şi ştia că o să vină momentul în care o să-l bată şi pe el, aşa cum o bătea pe mă-sa.

— Lasă-l, Cornele, să se ducă.

— Îl las. Eram curios. Ce dracu' te aprinzi aşa?

Copilul şi-a luat ghiozdanul şi sendvişul cu parizer, apoi a ieşit în grabă pe uşă. Poate se răzgândea Cornel şi nu-l mai lăsa.

Ei au rămas în bucătăria mică şi înghesuită. Cornel fuma altă ţigară. Ileana ştergea faianţa.

— Baba aia o să-l înveţe numai prostii.

— Ce prostii să-l învețe? E femeie cu şcoală, a făcut facultate pe timpu' lu' Ceauşescu. Prostii îl înveți tu. Ce exemplu îi dai?

Era mai uşor de discutat cu el când nu bea prea mult. Era mai deschis la critici. Nu le lua în seamă, aşa că nici nu îl făceau să se simtă prost, nici nu îl enervau.

A ridicat din umeri şi a plecat.

Ileana nu ştia niciodată pe unde îşi face veacul. Adesea se ducea la bar. Ea nu l-a căutat niciodată. Prima dată când s-a enervat că a ajuns târziu acasă, mort de beat, a fost şi prima dată când a bătut-o. Era mai bine să nu-l caute. Poate avea noroc şi îl călca vreo maşină.

Andrei s-a întors câteva ore mai târziu acasă. Era vesel. Uitase, pentru puțin timp, că lumea lui nu e deloc roz.

— Mami, ți-am adus ceva.

— Ce mi-ai adus?

Ghiocei din fața blocului, rămurele înflorite de corcoduş, o bomboană de la tanti Olimpia, asta îi aducea de obicei. Nu era mult, dar se gândea la ea, o făcea să zâmbească, era felul lui de a-i arăta că o prețuieşte.

I-a întins timid o cutie de bomboane *Laura* şi a pupat-o pe obraz.

— Te iubesc!

— Şi eu te iubesc!

Apoi a lovit-o realitatea.

— De unde ai avut bani?

Andrei a lăsat privirea în pământ, pentru a nu ştiu câta oară în ziua aia, şi s-a roşit ca o pătlăgea.

— Ți-a dat tanti Olimpia?

— Nu...

— Şi atunci?

Bani din casă nu luase, nu ştia unde îi ține ea. Nici Cornel nu ştia. Şi atunci?

Andrei îşi frământa mâinile micuțe şi un suspin i-a cutremurat întreaga ființă. Cu ce greşise?

— A... A venit un domn la magazin să îşi cumpere țigări. A văzut că îmi fac temele şi... Şi a întrebat-o pe tanti Olimpia dacă sunt nepotul ei. Şi...

Lacrimi fierbinți îi curgeau liniştite pe obrajii rumeni. Ştia că a făcut ceva greşit. Ileana se supărase, în loc să se bucure. Dar ce făcuse greşit?

— Şi?

— Şi ea i-a zis că sunt băiatul tău. Mi-a ciufulit părul şi m-a întrebat dacă vreau ceva dulce. I-am zis că nu, s-a grăbit Andrei să adauge.

— Bine ai făcut.

— Da' tot mi-a cumpărat un corn cu ciocolată şi napolitane. Ție ți-a luat asta şi a zis să spun că sunt de la mine.

Lacrimile nu se opreau, iar suspinele erau tot mai dese. Ilenei i s-a înmuiat inima şi i-a părut rău că îl certase. L-a strâns la pieptul ei până s-au rărit suspinele.

— Mulțumesc!

— Cu plăcere!

— Să ştii că n-ai făcut nimic greşit. Mami s-a supărat degeaba, da?

Copilul doar a aprobat cu o mişcare a capului.

— I-ai mulțumit domnului?

— Da...

Andrei a dat să plece, dar şi-a adus aminte că voia să o mai întrebe ceva.

— Mami? Îl cunoşti pe domnu' ăla?

— Îl cunoşteam.

— De unde?

— Am fost colegi.

— Ca mine şi Maria?

— Ca tine şi Maria.

— Mie îmi place de Maria.

Şi a ieşit din bucătărie lăsând în urma lui un sentiment pe care nici măcar Ileana nu îl putea înțelege.

***

Zilele continuau să se scurgă la fel. Cornel continua să bea şi să piardă bani la jocuri de noroc. Ileana continua să ducă lupte nesfârşite cu fiecare zi.

Lanțul din jurul gleznei ei se făcea tot mai scurt, simțea asta. Ştia că mai mult nu poate să facă. Ştia că asta e soarta ei. Se împăcase cu ideea demult.

Se făcuse noiembrie şi deja începuse să ningă. Atunci i-a rupt o coastă şi i-a spart arcada. Îndrăznise să ceară bani pentru Andrei, să îi cumpere geacă şi ghete, alea de acum doi ani îi rămăseseră mici, chiar dacă i le luase cu două numere mai mari. La vârsta lui, copiii cresc repede.

Îi promisese că îi dă, că doar ce nu face el pentru copil. Numai că a venit ziua de salariu, iar salariul n-a ajuns acasă. Niciun leu. La început de iarnă. Îi pierduse Cornel pe toți la jocuri de noroc. Îl mâncase palma dreapta în ziua aia și s-a gândit că nu trebuie să rateze o astfel de ocazie. Avea să vină cu un teanc de bani și să-i arate el neveste-sii că face spume degeaba când pierde bani. Vine și câștigul, odată și odată.

Dar n-a venit în ziua aia.

Ileana n-a mai suportat. Știa că nu poate să-l lase pe Andrei să treacă încă o iarnă cu aceleași haine. Avea să răcească. De unde bani de medicamente? De unde bani de spital? Nu reușise să strângă nici a zecea parte din cât îi datora lui George.

— I-ai băut sau i-ai pierdut? îl întrebase în noaptea aia.

Deși, după cum arăta, părea că le făcuse pe amândouă.

Ileana nu a mai suportat să tacă, să strângă din dinți, să aștepte alt salariu din care, poate, o să-i rămână ceva. Nu voia nimic pentru ea, nu avea nevoie, deși nici nu mai știa când își cumpărase ultima oară ceva doar pentru ea. Avea nevoie de bani pentru Andrei, era copilul lor, nu doar al ei. Nu putea să le ducă singură pe toate.

Și-a permis să lase toată furia care ardea mocnit să iasă la suprafață. În clipa aia nu i-a păsat de consecințe. Știa că o să doară. Dar durea mai tare să vadă că nu îi ajung banii să își crească decent copilul.

— Animalule! Vrei să îl trimit și iarna asta la școală cu geaca aia care îi e mică de anul trecut? Și tu bei ca un porc în fiecare zi, bagi și ultimul ban la aparate, la pariuri, dracu' știe la ce mai joci. Nu ți-e, mă, un pic ruşine de tine? Nu ţi-e ruşine de copilu' ăsta, că are un animal în loc de tată?

— Tu să taci, fă!

— De ce să tac? Ce ştii tu de cum se creşte un copil, a? Ce ştii? Nu ştii decât să te îmbeţi. Nu ştii să cumperi de mâncare, ştii decât să ceri şi să întrebi dacă e *fără nimic*.

— Fă, ţi-am zis să taci! Futu-ţi pizda mă-tii!

— Nu vreau, bă, să tac. Toată ziua tac. Tac când vii mort de beat. Tac când scuipi pe jos. Tac când ajungi târziu acasă. Tac când mă înjuri. Tac când mă baţi. Cât dracu' să mai pot să tac?

Atunci a venit prima palmă.

Dar ce mai înseamnă o palmă, după ce deja ai primit atâtea altele înainte?

— Aşa, mai dă-i. Fir-ai al dracului de nenorocit.

Şi încă o palmă.

— Nu îţi convine când îţi spun, nu? Ăsta e adevărul, bă. Ăsta e adevărul. Aşa eşti tu.

Nu i-a curs nicio lacrimă. Nici la primul pumn. Nici la al doilea. Nici la al şaselea. Nu a plâns nici când a căzut jos şi el a continuat să o lovească cu picioarele. Nu a plâns. Plânsese destul în zece ani.

Nu merita încă o dată satisfacţia să o vadă plângând.

Andrei a auzit tot din camera lui. S-a ascuns sub pătura groasă, şi-a vârât degetele în urechi şi a sperat ca mama lui să nu moară. Mai auzise el la şcoală şi la televizor despre oameni omorâţi în bătaie.

Ce s-ar fi făcut fără Ileana?

Vecinii au auzit şi ei cearta, loviturile, scâncetele de durere, dar, când totul a luat sfârşit, au închis ochii şi au adormit la loc. Nu era treaba lor. N-au pus-o ei să se mărite cu el. N-o ţinea nimeni legată acolo. Era alegerea ei. Aşa că, de ce să le pese?

Nici lui Cornel nu i-a păsat că cea care arătase a femeie cu câteva minute în urmă era acum o cârpă de şters pe jos. Ştia că n-a murit, gemea de durere, dar aşa îi trebuia, dacă uitase cine e şeful.

Cine era ea să îl tragă la răspundere? Ce ştia ea despre bani, despre cum se fac banii? Ea, care nu muncise o zi în toată viaţa ei. Stătea acasă şi făcea mâncare, cu gust de lături câteodată, spăla trei haine, două farfurii şi îl toca pe el la cap în fiecare seară.

Nu ştia ea cum e să stai toată ziua în ulei de motor şi motorină, în groapa aia cât un mormânt, cu maşina grea deasupra ta. Nu ştia. Nu ştia decât să ceară bani, banii lui, munciţi de el.

S-a aruncat pe canapea fără s-o mai întindă şi a adormit liniştit până dimineaţa.

Halal bărbat ţi-ai luat şi tu, mamă! Ăsta te bagă în mormânt!

Doar atât era în mintea Ilenei. Cuvintele răsunau iar şi iar în întreaga sa fiinţă.

Nu era blestem, ştia asta, dar aşa le resimţea. N-o blestemase mă-sa, se blestemase singură.

O durea tot corpul. Nu putea să se mişte de durere, abia putea să respire. Dăduse unde apucase, la faţă, la coaste, la ficat. Pentru el n-a contat. A bătut-o ca pe câine. Parcă nici nu îi păsa dacă se mai ridica de acolo sau dacă o ducea direct la cimitir.

Nici ei nu îi mai păsa.

Ştia că Andrei auzise tot, dar ce să facă un biet copil de şapte ani? Ştia că şi vecinii auziseră, dar ce le păsa lor? Ce să facă ei? Ar mai fi bătut-o o dată, tot pe ea, ca să se răzbune că n-a tăcut dracu' din gură, că a făcut dinadins ca să audă ăia.

Când s-au ivit zorii, în mintea ei încă mai răsuna acel „*Ăsta te bagă în mormânt!*". Şi ştia că aşa e. Ştia că de mâna lui o să moară. Dar se resemnase. Măcar să-l facă pe Andrei mare.

Unde să se ducă?

Ce să facă?

Încă zăcea la podea. N-avea putere să se ridice, dar trebuia. Avea pachet de pregătit pentru Cornel, cafea de făcut. O durea fiecare mişcare în partea dreaptă a toracelui, o durea să respire, parcă o ţinea, dar s-a ridicat. S-a sprijinit de pereţi până în bucătărie. Nu s-a uitat în oglinda din hol, ştia că arată rău. Nu voia să ştie cât de rău.

N-o mai bătuse niciodată aşa, cu picioarele, dar orice lucru are un început, nu?

I-a făcut pachetul cu mişcări lente şi reţinute. S-a străduit să nu icnească prea tare, şi-a înghiţit lacrimile. Şi-a acceptat soarta. Dacă ar fi avut vreo otravă, i-ar fi pus-o fără regrete în mâncare, în momentul ăla. Dar n-avea. Norocul lui.

Când s-a trezit, nici n-a băgat-o în seamă. Şi-a băut cafeaua dintr-o înghiţitură, a luat pachetul şi a plecat.

Andrei a întrebat-o dacă o doare. Pe el îl durea sufletul să o vadă în halul ăla, dar nu avea ce să facă. Nu acum. Voia să mai crească, să o apere. Dar mai avea de aşteptat.

— Minţi, i-a zis când ea a negat.

Dacă i-ar fi spus că o doare, cu ce l-ar fi ajutat? Mai bine să nu ştie. Dar Andrei ştia.

— Când mă fac mare, o să te apăr eu, mami.

Era promisiunea lor, o promisiune în care amândoi credeau cu tărie.

După ce a plecat Andrei la şcoală, şi-a făcut curaj să se privească în oglindă. Avea arcada spartă. Tot la stângul lovise, ca orice dreptaci. Nu putea să deschidă ochiul, de umflat ce era. Dacă nu ar mai fi trecut prin asta, ar fi zis că n-o să mai vadă niciodată cu el.

S-a spălat pe faţă cu spirt, a pus comprese cu apă rece şi a luat un antinevralgic. Presupunea că are o coastă ruptă, cel puţin. Avusese şi tac-su, cu ani în urmă. Tot aşa a descris durerea.

Ar fi trebuit să meargă la spital, să o vadă un doctor, dar era o greşeală. Doctorii ştiu, îşi dau ei seama că ai luat bătaie, nu îi duci cu una, cu două. Încep să îţi dea sfaturi, îţi spun să mergi la poliţie. Dar, dacă mergi la poliţie şi află, până să-l salte, te omoară. Şi cui rămâne copilul?

După trei zile a început să se simtă mai bine, sau doar ignora cu mai multă uşurinţă durerea.

Cornel bea mai puţin, semn că îi părea rău pentru bătaia cruntă, dar nu renunţase definitiv, niciodată nu renunţa definitiv.

— Ţi-am adus flori, a strigat el din prag, imediat cum a intrat pe uşă.

Ileana făcea lecţii la matematică cu Andrei.

— Lasă-le în chiuvetă, a strigat ea din camera băiatului.

Acolo le-a şi găsit, o jumătate de oră mai târziu. Tot garoafe, de data asta doar trei, albe toate.

Ar fi preferat să îi cumpere haine lui Andrei, dar renunţase la gândul ăsta din seara cu bătaia.

Trebuia să înceapă să pună bani deoparte pentru iarna viitoare, să nu o mai prindă nepregătită.

Le-a aruncat cu silă într-un borcan. Avusese şi ea o vază. A aruncat Cornel cu ea în perete, într-o seară. Nu îşi mai aducea aminte de ce. Îi plăcea vaza aia.

A stins becul şi a plecat să se culce. În acelaşi pat cu bărbatul ăla care, cu câteva nopţi înainte, aproape o omorâse în bătaie.

***

Timpul a continuat să treacă. Rănile au început să se vindece. Cornel a rămas acelaşi. Ileana a rămas aceeaşi.

Decembrie n-a adus nici el mari schimbări. Sărbătorile au trecut ca toate celelalte zile. N-au avut brad, nici masă festivă.

De Crăciun, Andrei a primit un pulover, mai mare, şi o pereche de şosete. Ştia că nu există Moş Crăciun, îi spusese Ileana cu 2 ani în urmă. Se supărase că primise haine, în timp ce colegii lui primiseră dulciuri şi jucării. Fusese cuminte, foarte cuminte, mai cuminte decât ceilalţi, şi nu era corect. Voia şi el jucării.

Aşa că Ileana n-a avut încotro, a trebuit să îi explice, să îl facă să înţeleagă că nu e vina lui, şi nici a Moşului, că e vina ei, că atât a avut.

Andrei a înţeles atunci. N-a învinovăţit-o deloc pe Ileana. Era singurul copil de la el din clasă care nu îi scria scrisori Moşului. Ştia că oricum nu vor ajunge niciodată la el.

Şi-a petrecut vacanța de iarnă mai mult în magazin la tanti Olimpia decât acasă.

Într-o zi, la început lui ianuarie, a venit în grabă acasă.

— Mami, mami!

— Da? a strigat Ileana din baie.

— Vino repede! Acum!

— Vin imediat!

Spera să nu-şi fi rupt iar ceva, cu toate că nimic din glasul său nu indica asta. Era doar nerăbdător.

— Îmbracă-te! Repede!

— De ce? Unde mergem?

— Până jos. Te aşteaptă cineva.

— Cine?

— O să vezi. Haide!

N-a avut timp de proteste şi de alte întrebări. Andrei deja cobora scările. Când a ajuns jos, i s-au înmuiat picioarele. Era George. Nu mai auzise nimic de el, de când îi trimisese bomboane. Aproape că îl şi uitase.

— Bună, Ileana!

Andrei stătea lângă el, aşa cum nu stătuse niciodată lângă Cornel, drept, cu zâmbetul pe față şi cu o sclipire jucăuşă în priviri. Îi plăcea de George.

— Ce faci aici?

— Am venit să te văd. Ultima dată... Ştii tu.

— Pleacă! O să-ți dau banii înapoi. Îi las la tanti Olimpia la magazin.

— Mami...

Ochii rugători ai lui Andrei şi felul în care s-a agățat de George cu mâinile lui mici i-au smuls un suspin. A fost un moment de slăbiciune pe care George nu l-a ratat.

— Voiam doar să vorbim. Bine?

A cântărit puțin situația şi, oricum ar fi întors lucrurile, tot era mai bine să discute înăuntru, decât în văzul tuturor.

— Hai sus.

Au urcat cu toții până la etajul patru, ultimul, în linişte. Locuiau într-un apartament cu două camere, vechi, dar suficient de primitor. Se vedea că n-au investit niciun ban în el de când se mutaseră, dar era decent.

L-a invitat pe George în bucătărie, i-a oferit un scaun şi a pus ibricul pe foc să facă o cafea. Şi-a amintit că fumează, aşa că a pus o scrumieră de sticlă în fața lui, aşteptând să-şi aprindă imediat țigara, aşa cum făcea Cornel. Dar nu şi-a aprins nicio țigară.

George a aruncat o privire rapidă prin bucătărie, l-a uimit modestia locului. Mobila era veche, farfuriile puse la scurs erau toate diferite. Undeva, sus, se vedea o pată galbenă care curgea de pe tavan, semn că acoperişul cunoscuse şi zile mai bune. Ileana punea de cafea cu mişcări mecanice, apoi s-a rezemat de mobila de bucătărie, privindu-l.

Andrei plecase la el în cameră, ştia că nu are voie să asculte discuțiile adulților, în plus, trebuia să găsească o ascunzătoare bună pentru banii pe care îi dăduse George. L-a pus să promită că nu îi cheltuie pe prostii. Şi a promis. Îi va da mamei atunci când o să aibă nevoie mai multă de ei.

Cei doi s-au privit fără să spună nimic până a dat cafeaua în foc. Ileana s-a grăbit să oprească aragazul, să şteargă zaţul de pe el şi să toarne cafeaua în ceşti.

După alte clipe lungi de aşteptare, Ileana n-a mai suportat tăcerea.

— Hai, spune-o!

— Ce să spun?

Ochii lui căprui o priveau cu căldură. Sau milă? Ura mila. Nu avea nevoie de mila nimănui, în special de a lui George.

— Că ai avut dreptate. Atunci... Când mi-ai zis că o să mă strice. M-a stricat.

— Ileana... Nu despre asta voiam să vorbim...

— Şi atunci? Despre ce?

George a vrut să dea înapoi. Avea dreptate Ileana, despre ce să vorbească? Despre aceleaşi lucruri pe care probabil i le spuseseră şi alţii înaintea lui? Mai avea rost?

— Tu eşti fericită?

Ce dracu' mai era fericirea? Pentru ea, fericirea era atunci când o lua Andrei în braţe şi îi promitea că o s-o apere el de Cornel când se va face mare, era atunci când venea alocaţia şi îi mai rămâneau bani în buzunar după ce plătea datoria de pe caiet, era atunci când Cornel pleca, pentru câteva zile, să repare maşini pe te miri unde. Ştia că nu îşi poate permite să viseze la bucurii mari, dar învăţase să se mulţumească cu puţin. Şi când se uita la Andrei, la copilul acela pe care ea îl adusese pe lume şi îl făcuse mare, da, atunci era fericită.

— Câteodată.

— Cu Cornel?

Ce glumă bună, a gândit ea.

Văzând că nu primeşte niciun răspuns, George şi-a aprins o ţigară. Nu o cunoştea pe femeia asta. Nu era aceeaşi Ileana pe care o ştia el în liceu, fata cu păr blond şi ochi albaştri, care îi sorbea cuvintele atunci când vorbea despre cărţi şi poezie.

— Te-ai schimbat, Ileană.

— Tu nu. Deloc.

— De ce nu te duci la poliţie?

— Şi ce să facă poliţia?

— Să-l bage în puşcărie.

A pufnit. Aproape că-i venea să râdă. De parcă ar fi Cornel genul de om de care scapi vreodată. Era ca un scaiete, ca o râie, ştia ea mai bine. Avea s-o omoare înainte să pună poliţia mâna pe el.

— Şi cu ăla mic ce fac? Cum îl cresc singură? Cum crezi că o să se simtă când o să râdă ăilalţi copii la şcoală de el că tac-su e puşcăriaş?

— Da' tu cum crezi că se simte când se duce la şcoală ştiind că mă-sa a mâncat bătaie azi-noapte? Crezi că ăilalţi copii nu ştiu? Ştie tot cartieru' că te bate. N-are colegi din cartier?

Avea. Şi nu doar unul.

— Ileană, ăsta te omoară cu zile dacă nu te duci la poliţie. Ia zi tu, cum e mai bine, cu un tată puşcăriaş, sau cu un tată puşcăriaş şi o mamă moartă?

E uşor să găseşti soluţii pentru problemele altora, în special atunci când tu n-ai nimic de pierdut. Ileana avea multe de pierdut. Şi oricum ar fi dat-o, tot nu ieşea bine, tot ea sfârşea prost.

— Dacă ai nevoie de bani, te ajut eu, până te pui pe picioare. Te ajut să îţi cauţi chirie, serviciu, altă şcoală pentru Andrei. Mi se rupe sufletul când te văd în halul ăsta.

— Tu n-ai nevastă să-i porţi de grijă?

N-a vrut să sune aşa, dar îi stătea pe limbă întrebarea. I-ar fi fost mai uşor să vorbească cu el ştiind că e neînsurat. Nu trăgea speranţe să o salveze George din calvarul ăsta. Mai visase odată un prinţ care să-i schimbe viaţa, şi s-a ales cu căpcăunul. Se lecuise de visat. Dar nu i-ar fi făcut plăcere să ştie că bărbatul alteia o ajută pe ea cu bani şi cu sfaturi.

— N-am.

Era greu de crezut că un bărbat ca George nu a fost în stare să găsească o femeie potrivită lui. Dacă ar fi putut să dea timpul înapoi, l-ar fi luat ea, l-ar fi iubit ea. Dar nu putea. Şi oricum, aşa cum îi spusese chiar el, se schimbase. Probabil nu mai rămăsese nimic din acea Ileana pe care o plăcuse cândva.

— Uite ce e. Nu trebuie să te duci la poliţie acum. Nu trebuie să pleci azi. Dar măcar gândeşte-te la asta. Există soluţii.

Şi-a pus mâna peste a ei, apoi s-a ridicat.

— Ai telefon?

— N-am.

— Uite număru' meu aici. Dacă ai nevoie de ceva, sună-mă. Găseşti tu un telefon la cineva. Bine?

A dat aprobator din cap şi a citit bucata de carton pe care i-o întinsese el.

George Istrate – agent imobiliar

— N-ai mai dat la armată?

— Ba da. Am luat a doua oară. Da' am ieşit.

— De ce?

— N-a fost de mine.

Şi-a luat paltonul lung din cuier şi s-a îmbrăcat cu mişcări leneşe.

— Să mă suni dacă ai nevoie de ceva.

— Te sun.

Înainte să închidă uşa, l-a văzut întorcându-se încă o dată spre ea. Şi, pentru prima oară în zece ani de zile, Ileana a simţit că încă mai există o speranţă să scape din lanţul în care trăia.

Doar că speranţa aia, aşa infimă cum era, s-a spulberat atunci când s-a întors Cornel. Nu băuse mult, era aproape treaz, ceea ce nu era puţin lucru pentru el.

S-a aşezat la masă, şi-a aprins o ţigară şi a aşteptat să îi pună Ileana mâncarea pe masă.

Scandalul a început când şi-a stins ţigara şi a văzut celălalt chiştoc din scrumieră.

— De când fumezi, fă, tu?

Faţa Ilenei s-a albit într-o secundă. De ce nu spălase, oare, scrumiera după plecarea lui George?

— Şi Kent. Ne-am dat dracu'. Noi n-avem bani de mâncare şi tu fumezi Kent.

S-a ridicat de pe scaun. Văzându-l lângă Ileana, ai fi zis că e şi mai mare decât era de fapt.

Şi-a încleştat mâna în gâtul ei şi a proptit-o în mobila de bucătărie. Geamurile au început să tremure din cauza impactului.

— Nu-mi dai, fă, şi mie nişte Kent? Mă laşi să fumez Carpaţ' fără filtru, futu-ţi morţii mă-tii de curvă? Sau nu fumezi tu? Ia zi!

Avea faţa atât de aproape de a ei, încât putea simţi cum i se lipesc de faţă picături mici din saliva lui. De data asta era groasă. Strânsoarea nu mai era doar o amenințare, era dureroasă, şi abia îi lăsa loc să respire.

— Zi, fă! Pă cine ai adus aici?

A încercat să spună ceva, dar nu putea. Strânsoarea era prea puternică.

Când i-a dat drumul, s-a înecat încercând să respire. Stătea în fața ei încă, foarte aproape, şi n-o slăbea din priviri. După câteva accese de tuse a reuşit să lege câteva cuvinte.

— George... Un fost coleg...

— De unde ştie ăsta unde stai? Ia zi.

— M-a văzut la...

Tusea nu voia să se oprească. Strânsese tare, nenorocitul. Mai tare decât o făcuse vreodată.

— ...la magazin. La tanti Olimpia.

— D-aia te duci tu, fă, la magazin? Să te întâlneşti cu foşti colegi? Îți place să ți-o tragi pe la spatele meu, a? Îți place, fă?

I-a prins gâtul în aceeaşi strânsoare ca de menghină. Mâinile lui tot mai miroseau a ulei şi motorină. Apoi mirosul a început să se estompeze. La fel şi urletele. Totul din jur începea să se estompeze. Avea nevoie de aer.

I-a dat drumul din nou când a văzut că se învinețeşte toată. A căzut grămadă pe gresia rece tuşind fără oprire.

Ăsta te bagă în mormânt!

Avea s-o bage în mormânt. Ştia sigur. Întrebarea era doar dacă în seara aia sau în alta.

— Îți place, fă, să ți-o tragi pe la spatele meu?

— A vrut doar...

O ustura gâtul la fiecare inspirație din cauza tusei, dar pur şi simplu nu se putea opri.

— A vrut să... vorbim...

— Să vorbiți? Aşa îi zice acuma? Prostul munceşte în groapă toată ziua, şi tu îți faci de cap. Futu-ți morții mă-tii de nenorocită.

Atunci a venit prima lovitură de picior, direct în stomac. A simțit din nou că rămâne fără aer.

A mai urmat o lovitură. Şi încă una.

Ăsta te bagă în mormânt!

Azi. Ştia că n-o să mai apuce ziua de mâine. Măcar să-l mai vadă pe Andrei o dată.

— Andrei!!!

A strigat cât au mai ținut-o plămânii. Nu voia s-o vadă în halul ăla, deşi o văzuse, poate, şi în zile mai rele. Dar nu avea de ales. Era singura alinare care îi mai rămăsese când Cornel a continuat să îi care picior după picior pe unde apuca.

Nu mai putea să respire, durea prea tare. I se împăienjeniseră ochii de durere, dar a putut să-l vadă pe Andrei alergând pe hol şi oprindu-se în prag.

Când ai opt ani şi trăieşti într-o familie ca a lui Andrei, bătăile şi certurile nu sunt ceva chiar atât de ieşit din comun. Dar, oricât de obişnuit ar fi fost el cu toate astea, maică-sa nu-l chemase niciodată în timpul unei bătăi. Azi, însă, îl strigase.

A alergat cât a putut de repede, dar, când a văzut-o întinsă acolo jos, ca un animal, i s-au tăiat picioarele.

Pentru el, Cornel n-a fost niciodată *tati*, a fost doar *tac-tu*, aşa cum îl numea Ileana. A fost doar bărbatul care o bate fără milă pe mama lui.

Când ai opt ani şi trăieşti într-o familie ca a lui Andrei, ştii că nu poţi face prea mult ca să îndrepţi lucrurile, dar sunt momente în care trebuie să încerci.

— Opreşte-te!

Strigătul copilului l-a luat prin surprindere pe Cornel. În toţi aceşti ani, nu făcuse altceva decât să se ascundă mai bine sub pătură, sperând că mama lui va fi bine a doua zi.

— Treci în camera ta!

— Opreşte-te!

Avea impresia că visează, dar nu era coşmar ce trăia ea, era aceeaşi viaţă pe care o tot avea de zece ani. L-a auzit înfundat pe Andrei strigând la taică-su. L-a auzit şi pe Cornel răcnind înapoi. L-a văzut pe băiat rămânând pe poziţii, apoi a început tusea din nou.

— Am zis să te duci, în pizda mă-tii, în camera ta!

— Nu o mai bate.

— Nu îţi place?

Băiatul a scuturat cu hotărâre din cap. Cui i-ar fi plăcut?

— Aşa arată o curvă. Să ţii minte, mă auzi? Aşa arată o nenorocită de curvă care primeşte ce merită.

— Mami nu e curvă!

Andrei ştia ce înseamnă curvă. Auzise cuvântul de zeci de mii de ori, în cei opt ani ai săi. Cornel nu se sfiise niciodată să vorbească vulgar în preajma copilului.

— Ce exemplu îi dai tu, Cornele, băiatului? îl întrebase Ileana acum câţiva ani.

— Lasă-l să ştie. Creştem bărbat, nu fătălău.

Aşa că Andrei ştia foarte bine ce înseamnă să fii curvă, avusese taică-su grijă să îi spună de mult mai multe ori decât ar fi fost nevoie.

— Mă-ta e cea mai mare curvă. Toată ziua mă freacă la icre că n-aduc bani acasă, că n-ai geacă, că n-ai ghete, că n-are bani să ia de mâncare, şi ea beleşte pula toată ziua.

A scuipat o flegmă peste Ileana de parcă acolo jos n-ar fi zăcut, pe jumătate vie, femeia care îi adusese pe lume un copil care-i făcuse mâncare în fiecare zi, cu ce avea.

A mai lovit-o încă o dată cu piciorul în coaste, ca să vadă şi fi-su ce înseamnă să fii bărbat, cum se tratează o femeie care nu te respectă cât consideri tu că ar trebui.

Ăsta te bagă în mormânt!

Atât avea în cap Ileana în momentele acelea. A doua zi avea să se ducă la poliție să depună plângere. Dacă se putea mişca. Dacă mai trăia.

Simțea cum lanțul ăla nenorocit pe care şi-l legase singură de picior începea să-i taie carnea, până la suflet. Nu mai putea să trăiască aşa. Avea dreptate George, există soluții. Şi e mai bine să ai un tată puşcăriaş, decât să ai un tată puşcăriaş şi o mamă moartă.

Andrei a vrut să se ducă la Ileana, s-o ia în brațe, s-o aline, măcar puțin, atât cât putea. Dar a pus Cornel mâna în prag şi l-a oprit.

— Unde te duci?

— La mami.

— Te duci în camera ta. Curvele mor singure.

Deci chiar avea de gând s-o omoare, acum nu mai încăpea loc de îndoieli.

De ce nu plecase ea cu George?

De ce n-a rămas la teză în ziua aia nenorocită?

De ce n-a vrut să asculte pe nimeni când i-au spus atâția că ăsta o să fie sfârşitul?

De ce?

Lui Andrei au început să-i curgă lacrimi fierbinți pe obraji, la auzul ultimei propoziții. Ştia că oamenii pot să moară din cauza bătăii. La fel ca animalele. La fel ca acel câine şchiop din curtea şcolii, pe care l-au omorât băieții mai mari. Ziceau că are râie, şi că aşa nu mai ia nimeni râie de la el. Andrei nu i-a crezut. Se jucase cu câinele ăla şi nu luase râie.

Băiatul nu s-a clintit. Nu voia să plece. Nu voia s-o lase pe mami singură cu Cornel. Ştia de ce e în stare el. A vrut să treacă pe sub mâna lui, dar i-a luat prea mult.

N-a văzut palma venind spre obrazul lui.

N-a văzut nici peretele în timp ce i se apropia tâmpla de el.

N-a văzut gresia când s-a prăbuşit.

Nici pe Ileana n-a văzut-o când s-a ridicat de jos ca să îi opună rezistență lui Cornel.

– Nenorocitule! a țipat ea.

Copilul lor, al ei, se prăbuşise pe jos.

Cornel a lovit-o din nou. De data asta, n-a căzut din prima, a apucat să se sprijine de suportul pentru veselă. Dar la a doua lovitură a căzut cu tot cu farfurii şi tacâmuri.

S-a făcut ghem în aşteptarea loviturilor care nu au întârziat să apară.

— Să mori, fă! Să mori, mă auzi?

Cel mai rău lucru în toată povestea asta era că nici măcar nu băuse prea mult. Era conştient de ceea ce face. Era conştient că şi-a lovit copilul şi l-a lăsat lat la podea. Era conştient că îşi omoară nevasta în bătaie. Era conştient de tot ce făcea.

Dar n-a avut o conştiinţă care să-i spună să se oprească.

A mai scuipat o dată peste Ileana şi şi-a aprins o ţigară.

Se făcuse linişte pe scară, în sfârşit. Puteau şi vecinii să se culce liniştiţi, fără atâtea ţipete şi înjurături.

Nu ştia cât a durat până să îşi revină în simţiri. Abia la a treia ţigară pe care o stingea pe coapsa ei s-a trezit din nou în coşmar.

Andrei era tot acolo unde îl văzuse ultima oară. A dat să se ridice. O dureau toate. N-a reuşit.

— N-ai murit, fă?

În seara aia l-a văzut pe dracu' în persoană. Îl văzuse în fiecare zi în ultimii zece ani, aproape unşpe, dar n-a ştiut că e el. Până în seara aia.

A mai scuipat o dată.

A mai lovit o dată.

S-a lăsat pe vine, ca să fie mai aproape de ea. A strâns-o de gât şi i-a vorbit apăsat.

— Tu de mâna mea mori, fă, ai înţeles?

Ileana se prăbuşise odată cu toată vesela din casă. Era plin de cioburi şi de tacâmuri în jurul ei. A apucat mânerul gros, de lemn, al cuţitului, ăla cu care a tăiat ani de zile ca să-i gătească lui Cornel.

— Ai înțeles, fă?

Cornel n-a văzut că Ileana a apucat cuțitul, era prea ocupat s-o facă să înțeleagă că urmează să moară de mâna lui.

A văzut târziu cum Ileana a ridicat cuțitul de jos.

Şi n-a avut timp să pareze atunci când cuțitul i-a atins gâtul gros.

***

Andrei era la spital când s-a trezit. Lângă patul lui, pe un scaun, ațipise tanti Olimpia. Îşi amintea totul. Ce îl frământa pe el era ce se întâmplase după.

— Unde e mami?

— La poliție.

— Se întoarce repede?

— Nu ştiu, puiule.

Şi-a pus mâna pe creştetul lui ca să îl mângâie. Asta era adevărul. Nu ştia când o să se întoarcă. O rugase să aibă grijă de Andrei, până îi dau ei drumul.

Andrei n-a întrebat de ce e mami la poliție. Putea să îşi dea singur seama. S-a bucurat doar că în locul ei nu era Cornel. Şi că în locul lui Cornel nu era mami.

Ştia că ei amândoi se pot descurca. Ştia că viața lor urma să fie mai bună. Nu îi spusese nimeni asta, dar, când înlături tot răul din viața ta, nu are cum să nu fie mai bună.

A privit prin ferestrele vechi ale spitalului municipal. Ningea liniştit, cu fulgi mari.

Andrei nu şi-a dat seama decât mult mai târziu, dar în acea clipă i se ridicase un bolovan de pe suflet. Unul mare.

***

N-au condamnat-o pe Ileana. Fusese legitimă apărare. Dacă nu îl omora ea, ar fi omorât-o el. Îi stăteau martori vecinii care auziseră ameninţările şi urletele lui Cornel. Îi stăteau martore vânătăile, arsurile de ţigară, coastele rupte, hemoragia, pasul ăla pe care îl mai avea de făcut până la coşciug.

De data asta, n-a învinovăţit-o nimeni, n-a judecat-o nimeni, tocmai pentru că făcuse ceva.

O îngrozea această nouă schimbare. Era naufragiată într-o lume cu care nu ţinuse pasul. Trebuia să schimbe macazul, să se angajeze, să îi ofere lui Andrei viaţa pe care nu putuse să i-o ofere înainte.

Abia acum îşi dădea seama că erau atâtea locuri unde putea să se ducă. Abia acum realiza cât de mare e lumea, aceeaşi lume care, nu cu mult timp în urmă, părea că începe într-un apartament cu două camere de la marginea oraşului şi se sfârşeşte la magazinul din colţ.

N-a plâns pentru Cornel, plânsese prea mult din cauza lui. Nu i-a părut rău, n-a regretat nici o secundă. Dar nici nu s-a bucurat, tot o înfrângere fusese şi asta. Cel puţin, aşa simţea ea. Se simţea înfrântă de soartă, de propriile alegeri.

Pe Andrei nu a putut să îl privească în ochi şi să îi spună că ea i-a omorât tatăl. L-a strâns la piept şi s-a rugat la acel Dumnezeu care i-l scosese pe Cornel în cale să o ierte, să-l facă şi pe Andrei să o ierte.

Copilul nu a judecat-o nicio secundă. Aflase pe pielea lui că atingerea lui Cornel doare. Cât doare. Nici nu a fost nevoie să o ierte pentru ceva. Pentru ce s-o ierte? Că fusese o mamă bună?

I-a cuprins fața în palmele lui micuțe şi a privit-o în ochi.

– Mami... Să ştii că te iubesc!

Glasul i-a pierit, oricât ar fi încercat ea să spună ceva. Lacrimile îi şiroiau pe obraji. Era tot ce avea nevoie să ştie. Era tot ce îi trebuia ca să poată merge mai departe.

Întrebarea aia blestemată, *Unde să se ducă?*, a căpătat în sfârşit un răspuns.

Oriunde. Putea să se ducă oriunde.

A simțit şi ea cum i s-a luat o povară de pe suflet. Lanțul dispăruse, nu mai tăia în carne vie.

Ştia că nu avea să fie uşor. Dar nici mai greu decât fusese nu putea fi.

***

La doi ani de la moartea lui Cornel, Ileana reuşise să se pună pe picioare.

Nu s-a legat nimic între ea şi George, trecuse deja prea mult timp, ea nu mai avea suflet destul să iubească din nou. Dar rămăseseră prieteni buni.

George o ajutase mult, atât cât putuse, dar criza economică care se vedea la orizont îl obligase să plece din țară. A rugat-o să plece cu el, să își ia lumea în cap toți trei, dar a trebuit să-l refuze. Nu voia să îl dezrădăcineze şi mai mult pe Andrei. Se descurcau ei, cumva. Trăiseră şi vremuri mai grele de atât, se descurcaseră cu şi mai puțin.

Zăpada proaspătă scârțâia sub picioarele sale. Mergea alene pe aleea înzăpezită. Era o zi frumoasă, totuşi.

Andrei dorise şi el să vină, dar a preferat să fie singură.

A durat ceva până să găsească mormântul în toată acea mare de alb, dar l-a găsit. A privit minute în şir piatra de marmură de pe care îi zâmbea un Cornel mai tânăr.

Putea să fie ea acolo. Şi, dacă nu l-ar fi avut pe Andrei, nici n-ar fi deranjat-o, dar înainte de femeie şi nevastă, Ileana era mamă. Nu putea să-şi lase copilul nimănui. Trebuise să o facă.

Şi-a mişcat degetele înghețate pe cotoarele verzi, apoi a aruncat florile peste zăpada care acoperea mormântul.

Cele două garoafe albe abia se distingeau în tabloul parcă nepictat încă.

— *Ți-am adus flori!*

Legat de două fuste

Suntem mai mult decât părem, mai mult decât cred ceilalți. Suntem mai mult decât credem noi înșine. Ce contează cu adevărat este ca acel „mai mult" să fie ceva bun.

***

— Dorele, când te-nsori, mă?

Dorel nici nu mai ştia a câta oară era când auzea întrebarea asta. La început nu-l deranjase, dar de ceva timp începuse să-şi dea şi el seama că ceilalţi au dreptate, că ar cam fi timpul *să se aşeze la casa lui*. Doar că nu îi era atât de uşor să găsească o fată care să-i placă lui, să-i placă şi Niculinei şi care să-i placă, la rândul ei, pe amândoi. Nu era deloc uşor.

-Nu ştiu, bre, când. Când mi-o fi sorocu'.

Pe nea Gheorghe nu se supăra că-l întreba, crescuse la el în curte, sub dudul care se umplea de omizi în fiecare an. Îi era aproape ca un tată, avea deci toate drepturile să-l întrebe, chiar dacă ştia şi Dorel că tot la mişto o face.

— Nu-ţ' găsăşte şi ţie mă-ta o fată cuminte? Că băiat bun eşti, muncitor eşti, servici' ai, casă ai, şcolit eşti. Ce-ţ' mai trebuie, mă, Dorele?

— Nu-mi trebui nimic, bre. Poate nişte noroc. Da' lasă că nu rămân io neînsurat.

— Ehe, Dorele, acu' ai 26, mâine ai 40. Şi uite aşa, s-a dus viaţa.

— Dacă mata găsăşti la 70, oi găsî şi io la 40.

Nea Gheorghe a zâmbit cu ţigara de foaie în colţul gurii, şi-a dat jos coatele ascuţite de pe gardul care le despărţea curţile şi a intrat la el în casă. Îi era drag băiatul, avusese grijă de el ca de un nepot, după ce plecase tac-su. E drept că Niculina, mama lui Dorel, nu ezitase să-i mai mulţumească din când în când, aşa cum ştia ea mai bine, cu câte o pâine caldă, cu o strângere în brațe. Lucruri din astea care fac bine la suflet.

Îi era drag Dorel şi nu putea să nu-l compătimească, uneori, că a ajuns bărbat în toată firea şi a rămas legat de fusta mă-sii.

Dorel şi-a ridicat de jos securea şi a mai spart nişte lemne. Încă se gândea la ce îi spusese nea Gheorghe. Şi îi dădea dreptate, chiar era băiat bun şi muncitor, avea servici', casă. Şcoală n-avea aşa multă cum credea nea Gheorghe, nu pentru vremurile lui. Făcuse zece clase la Agricol. Nu îi plăcuse să-şi roadă coatele pe bănci, în frig. Şi pentru ce? Matematica şi literatura nu-i plăcuseră niciodată pentru că nu le înțelegea. Învățase strictul necesar, e adevărat, cât îi trebuia ca să treacă, dar nu fusese un pasionat. Mă-sa îi spunea că ajunge, că el e băiat deştept, ştie ea mai bine. Şi mă-sa ştiuse întotdeauna mai bine. Reuşise să-l crească în mare parte singură. Tac-su plecase cu alta când avea el cinci ani, a făcut alți copii cu aia, poate mai buni decât el. Poate pe ăia nu i-a părăsit.

— Dorele, mamă, mai odihneşte-te şi tu. Ț-aduc un pahar dă bere?

— Aha.

Mai avea câțiva buşteni de spart şi n-ar fi vrut să se oprească până nu termină. Trebuia să le şi care, dar era prea cald. Nu mai plouase de prin mai şi era deja începutul lui iulie. Se crăpase pământul de sete şi se alesese praful de porumbii de pe câmp.

Şirul gândurilor i-a fost întrerupt de Niculina.

— Lasă-le, că le termini mâine.

— Mai am câteva.

— Faci insolație, nu vezi ce lipăr e? Hai la fântână!

Dorel a luat paharul de bere pe care i-l adusese Niculina şi s-a dus alene după ea.

Fântâna avea gura largă şi o buză lată care le servea drept masă pentru pahare. Era acoperită de un fel de şopru, care făcea umbră şi îi ferea de arşiţa verii.

A băut paharul de bere şi l-a trântit pe buza fântânii.

— Fă, mămică, ce-am io, dă nu trag fetele la mine?

Niculina ştia că de la un timp îl frământa întrebarea asta. Dar n-a zis nimic. Spera să-i treacă de la sine. Ea însăşi se întrebase de nenumărate ori de ce nu roiesc cârduri întregi de fete în jurul lui Dorel. N-ar fi zis că e bărbat urât, avea trăsături frumoase, le moştenise de la ea, iar muşchii îi erau munciţi zi de zi, ba la spart de lemne, ba la muncile câmpului, ba la servici'.

Adânc în sufletul ei ştia că l-a crescut prea mult pe lângă fusta ei şi că nu s-a desprins niciodată. Dar era singurul său copil, doar pe el îl mai avea pe lume şi n-ar fi suportat să-i dea drumul de lângă ea, să-l piardă şi pe el.

— Io dă unde să ştiu, mă, mamă?

Dar în adâncul ei ştia. Ştia că fetele fug de soacre, iar ea nu era cea mai blândă şi mai înţelegătoare femeie. Ştia că n-ar fi rezistat o zi fără să îşi vâre coada în viaţa celor doi. Ştia şi că n-ar fi acceptat pe oricine, doar nu avea să-şi lase copilul pe mâna oricărei fufe.

A scos sticla de bere din ciutură şi i-a mai turnat un pahar.

L-a mângâiat pe umăr şi apoi a plecat la bucătărie, avea ciorba pe foc şi trebuia dreasă.

— Lasă, că îţ' găsâm noi o fată.

Dorel nu mai era atât de sigur, dar încrederea Niculinei îl făcea să se simtă mai confortabil. Poate avea dreptate, aşa cum se dovedise a avea întotdeauna.

A continuat să spargă buştean după buştean, până le-a terminat pe toate. Şi-a luat securea la spinare şi a plecat fluierând spre un alt şopru, cel sub care îşi ţinea sculele şi uneltele.

În timpul săptămânii, lucra în construcţii. Nu era inginer, dar se pricepea chiar bine la ridicat pereţi şi la tencuit. În zilele libere, era plecat ori la vreun ciubuc prin sat, ori la câmp, ori mai făcea câte ceva prin curte. Treabă se găsea întotdeauna, timp liber, nu prea.

A intrat obosit în bucătăria strâmtă şi a oftat. I se făcuse foame, dar, pe lângă golul din stomac, mai simţea un gol pe care încă nu reuşise să-l umple cu nimic.

Niculina i-a pus în faţă strachina cu ciorbă de perişoare, un codru de pâine făcută în ţest şi salata de roşii. A aşezat şi pentru ea acelaşi meniu şi au mâncat în linişte minute bune.

— Dorele, ce-ar fi să te mai schimbi şi tu puţân?

Dorel a lăsat lingura în strachină, dar n-a ridicat privirea spre Niculina.

Ştia la ce se referă, voia să se schimbe ca să găsească o fată. Iar asta nu putea să însemne decât că e vina lui. Tot impasul ăsta în care se aflau amândoi era din vina lui. La fel cum şi plecarea lu' tac-su fusese tot din vina lui. Nu îi spusese nimeni asta vreodată, dar el o ştia. Pentru că tac-su se însurase din nou, făcuse alţi copii, mai buni, copii care, poate, erau în stare să se însoare.

N-a zis nimic. Se uita la jumătatea de perişoară care îi rămăsese în farfurie.

Niculina îl lăsa să rumege liniştit întrebarea. Câteodată, îi lua mai mult să se gândească, dar ajungea întotdeauna la concluzia că ea are dreptate.

— Ce să schimb?

— Păi, io ştiu, să te mai duci şi tu la o discotecă, să te dai cu un parfum. Să ieşi mai des pân sat. Să te vadă fetele.

Dar fetele îl vedeau, ştiau cine e Dorel, şi nu le displăcea în vreun fel, doar că nu le atrăgea. Erau alții mai buni de gură, mai îndrăzneți, mai răzvrătiți, cu care să îşi ocupe timpul. Dorel era băiat bun în ochii fetelor. Atât.

— Şi cum mă duc, mămică, io sângur, dă nebun, să mă plimb pân sat şi pă la discotecă?

— Da' nu te duci sângur. Du-te şi tu cu Vasâle şi cu Marian, că doar sânteț' prieteni de la şcoală, aț' făcut opt clase în aceiaşi bancă.

Carevasăzică, se gândise mă-sa la toate. Şi, dacă se gândea şi el mai bine, avea dreptate. Putea să se dichisească puțin mai mult, să facă un pas în față. Ce avea de pierdut?

— Du-te şi tu la discotecă dăsară. Vorbeşte cu ăştia dacă te ia şi pă tine.

Aşa a şi făcut. A vorbit cu Marian şi cu Vasâle să-l ia şi pe el în sat la discotecă. Era sâmbătă seara.

A făcut baie în albia de tablă pe care i-o pregătise Niculina, şi-a ras barba, a scos hainele bune din şifonier. Parfum n-avea să se dea cu el, dar i s-a părut suficientă apa de colonie pe care o folosea după ras.

— Şi, ia zî-i, bă, Dorele, vrei să te-nsori?

— Tu de ce crezi, bă, că vine la discotecă?

— Io ştiu?! Să dansăze.

Despre Marian şi Vasâle nu se putea spune că erau cei mai inteligenţi prieteni ai lui Dorel, ba dimpotrivă, dar pe el nu-l deranja. Crescuseră împreună şi, chiar dacă se aşezaseră deja la casa lor, încă îi mai lega ceva. Aveau aceleaşi amintiri din copilărie şi glumele la care nu se supărau. Cel mai necâştigat era Vasâle, mereu se făcea mişto de numele lui. Tac-su fusese atât de fericit că are băiat, încât s-a îmbătat, iar când i-a făcut actele, l-a trecut Vasâle.

— Vasâle, îi mai e lu' nevastă-ta dor dă mine?

— Bă, Mariene, ţ-am zâs d-atâtea ori să termini, că ne certăm. Ce te fute pă tine atâta grija dă nevastă-mea?

— Terminaţ', bă, odată! Mergem la discotecă sau ne certăm?

— Da' nu putem să le facem p-amândouă?

Aşa era Marian, mereu pus pe harţă, mai mult sau mai puţin, mereu gata să ia la mişto pe cineva. Cu Dorel nu îi mergea, oricât ar fi încercat să-l instige, era prea moale, îi păsa prea puţin. Nu punea niciodată la suflet glumele lui, nici când îl întreba de mă-sa.

Era aproape de miezul nopţii când au ajuns ei în centru. Discoteca era chiar lângă biserică. Pe tineri nu-i deranja, dar babele făceau spume duminica dimineaţa când, aproape la poarta bisericii, se întâlneau cu petrecăreţi rătăciţi aflaţi în stări de toată jalea.

Iartă-i, Doamne, că le-a luat băutura minţile!

În discotecă, Dorel se simţea ca peştele pe uscat. Pur şi simplu, nu era locul lui acolo.

Se ţinea strâns de o bere din care nici nu gustase şi îi privea pe ceilalţi. Fetele stăteau toate la un loc, la fel şi băieţii. Din când în când, grupurile se amestecau pentru dans.

— Dorele, care-ţ' place, mă?

Marian a mai dat pe gât o bere, a cincea, şi-a sprijinit cotul de umărul lui Dorel, a scuturat ţigara de scrum şi a aşteptat un răspuns.

— Toate îs frumoase.

— Hai, bă, că tre' să-ţ' placă una mai mult.

Cum răspunsul lui Dorel a întârziat să apară, Marian şi-a permis să aleagă el.

— O vez' p-aia în roşu? E Alina a lu' factoru'. S-a uitat la tine toată noaptea.

— E frumoasă.

— Mie-mi zâci?!

Au privit-o amândoi visători pe Alina pentru câteva secunde. Dorel se gândea cum ar fi fost ea ca nevastă, Marian se întreba cum era ea ca amantă.

— Ce mai stai? Bag-o-n samă!

— Şi ce-i să-i spun?

— Cum, nu te-a instruit mă-ta?

Drept răspuns, a primit un cot în coaste. Dorel era băiat bun, dar îşi permitea să opună rezistenţă glumelor expirate. Câteodată.

— Invit-o la dans.

— Da' n-am vorbit niciodată.

— Lasă că o să vorbiţi acuma. Du-te şi cheam-o la dans.

Dorel şi-a îndreptat spatele, a umflat pieptul şi a pornit, cu destul de multă încredere, spre Alina.

Până a ajuns la ea, încrederea i se cam dusese, dar nu voia să facă stânga-mprejur şi să fie iar subiect de glume pentru ceilalți, așa că și-a luat inima în dinți și i-a vorbit Alinei.

— Bună!

Fata l-a privit de sub niște gene mult prea încărcate cu rimel. A zâmbit și i-a răspuns la salut.

— Vrei să dansezi?

Alina voia să danseze, doar de asta venise, nu?! Și pentru că îi plăcea să simtă privirile băieților și ale bărbaților ațintite asupra ei. Știa că e frumoasă și că arată bine, roiau masculii în jurul ei ca muștele la miere. Iar ea nu era deloc pretențioasă. Își oferea atenția și zâmbetele cu nonșalanță, ori de câte ori avea ocazia.

Împlinise de curând 19 ani, abia terminase liceul și momentan voia să își trăiască viața. Nu se putea spune despre ea cu exactitate că e vreo curvă, deși gândirea colectivă a babelor din sat o suspecta din plin de asta.

Îl zărise dinainte pe Dorel la bar. Stătea singur cu o bere în mână și încerca să se încadreze în peisaj. Era bărbat în toată firea, frumușel. Pe sub cămașa albastră se conturau mușchi munciți. Alinei îi plăcea. Era ceva nou care merita să fie *explorat*.

— Și cum ziceai că te cheamă?

— Dorel.

— Eu sunt Alina!

— Știu. Mi-a zis Marian.

Dorel putea să fie și băiat cu maniere și limbaj elevat, atunci când i-o cerea situația, deși nu îi era ușor. În mod normal, cuvintele nu voiau să iasă din gura lui decât mușcate și simple.

— Nu te-am mai văzut pe aici.

— N-am mai venit până acu'.

— Şi îţi place?

— Îhî.

Alina i-a mutat mâna de pe spatele ei, puţin mai jos. Urechile lui Dorel s-au roşit până la vârfuri, dar în semiîntunericul din discotecă nu se observa. Acum îi plăcea şi mai mult. De ce nu mai venise la discotecă până atunci?

A mai dansat vreo două melodii cu Alina. Când s-a desprins de el, l-a sărutat pe obraz. Într-un fel cuminte, într-un alt fel obraznic. Ea trebuia să plece, n-o lăsau ai ei să stea decât până la două.

În urma ei a rămas un Dorel cum nu se putea mai fericit. Avusese dreptate mă-sa, ca întotdeauna. *Dacă nu faci un pas în faţă, n-au cum să te vadă fetele.*

— Ia zi, bă, *Alen Delon,* îţ' place?

— Ai pus şi tu mâna pă femeie, în sfârşit.

Marian şi Vasâle l-au îmbrâncit prieteneşte. Se bucurau pentru Dorel. Era şi timpul să renunţe la feciorie. Nu după mult timp, au plecat spre casă cu toţii.

***

— Cum a fost, mamă, az'-noapte?

— A fost frumos.

Niculina abia se întorsese de la biserică. Nu ţinea niciun post, era slobodă la gură, avea limba ascuţită şi dusese o viaţă oarecum desfrânată, deşi n-o ştiuse nici dracu', dar mergea cu sfinţenie la biserică, în fiecare duminică.

— Ai pus şi tu ochii pă vro fată?

Nu avea speranţe prea mari, deşi se rugase la Dumnezeu şi la toţi sfinţii pentru el. Fusese şi la una cu aspiraţii de vrăjitoare s-o întrebe dacă are cununiile legate. Nu le avea.

— Nu ştiu.

— Cum nu ştii?

Adevărul era că Dorel începuse, pentru prima oară în 26 de ani, să simtă nevoia de intimitate. Voia să ţină doar pentru el ceva, măcar o dată.

A ridicat din umeri şi a continuat să mănânce în tăcere.

În după-amiaza acelei zile, l-a strigat nea Gheorghe la gard.

— Dorele, vii să cărăm nişte table?

— Vin acuma.

Nea Gheorghe căra toată ziua table. Table de joc. De acasă la bar, de la bar acasă. Nu le avea cu băutura, nu îi plăcuse niciodată paharul, dar îi plăcea compania de la bar, acolo se găsea întotdeauna cineva dornic să *care* nişte table cu el.

— Dorele, stai aci, că avem treabă. E grămada de lemne în bătătură, şi tu te duci să te joci? Nu mai ai cinci ani. Moşu' a dat în mintea copiilor, altă treabă n-are.

— Cine n-are o fustă dă care să să ţână, să-şi cumpere! Nu e aşa, Nino?

— Ptiu! Luate-ar dracii să te ia, numai tu ai băgat prostii în cap la tot satu', dă nu-şi mai găsăşte ăsta să să-nsoare.

— Şi cum zâci că fu la biserică?

Niculina a intrat în casă bombănind şi drăcuind. Îi plăcuse de Gheorghe în tinereţe, dar de la o vreme parcă îi luase dracu' minţile. O tot dădea înainte că îl ţine pe Dorel legat de fusta ei. Şi nu era adevărat.

— Vino, mă, încoa!

— Păi mămica...

— N-auz' să vii încoa?

Dorel, cu umerii căzuţi, a deschis poarta dintre cele două curţi şi s-a aşezat pe un scaun, sub dud, lângă nea Gheorghe.

— Mă, tu chiar vrei să te-nsori?

A aprobat cu o mişcare a capului lipsită de chef şi de convingere.

— Atunci, mai dă-o dracu' pă mă-ta. Că nu te ia nimeni dacă tu, toată zâua bună zâua, o dai cu mămica în sus, mămica în jos. Eşti bărbat în toată firea, şi caşti urechile la ce-ţ' zâce mă-ta în fiecare secundă. Mai fă şi cum ştii tu.

Problema era că, în marea majoritate a timpului, Dorel nu ştia cum să facă. Fusese mereu uşor să îi urmeze ordinele mă-sii. Dacă greşea, n-avea cum să dea vina pe el.

— Ai fost în sat asară?

— Îhî.

— Ş-ai vorbit şi tu cu vreuna?

— Am vorbit.

— Îţ' place dă ea?

Dorel a ridicat din umeri, iar fruntea lui nea Gheorghe s-a încreţit. Băiatul ăsta nu-i făcea deloc munca uşoară.

— Mă, Dorele, ascultă la mine, că sânt om bătrân, ş-am avut, mulţumesc, Doamne, o grămadă dă femei. Ăstura nu le place să fii fătălău, să asculţ' toată zâua dă mă-ta şi unde te pune ea, acolo să stai. Le place să dai cu pumnu' în masă, să arăţi că eşti bărbat, nu martalog. Ai şi tu un gram de tupeu, dă-te cocoş! Dacă mai stai pă lângă mă-ta mult, mâine-poimâine te măriţi.

Dorel n-a suflat, cum nu suflă pământul, dar a înţeles ce voia nea Gheorghe să-i spună. Şi poate mai aveau şi alţii dreptate, în afară de mă-sa.

***

— Dorele, când te-nsori, mă?

Nici la muncă nu scăpa de blestemata asta de întrebare. Când se plictiseau, pe el îl luau la mişto. Era victimă sigură, nu opunea niciodată rezistenţă. Îi lăsa să îl ia peste picior fără să-i bage prea mult în seamă. Aşa era cel mai bine. După un timp, dacă nu le răspundea, se plictiseau şi se luau cu altceva.

— Dacă vrei, îţi fac cunoştinţă cu una, Mimi, fată serioasă, nici nu mă gândesc la altceva pentru tine. Unde pune ea mâna, creşte, ascultă-mă pe mine că am aproape 50, şi nevastă-mea nu reuşeşte performanţa asta prea des.

Marius, şeful de echipă, sau „domn' inginer", cum îi ziceau ceilalţi, unii mai în glumă, alţii mai în serios, s-a apropiat de Dorel, şi-a pus mâna pe umărul lui şi a mai tras un fum din ţigara ieftină pe care o fuma.

Urechile lui Dorel s-au roşit, iar privirea i-a coborât, la fel ca în seara zilei de sâmbătă, doar că în lumina soarelui n-a mai avut cum să-şi ascundă pudoarea.

— Lăsaţî-l, domn' inginer! Ăsta nu mişcă un deget fără mă-sa.

— Aşa faci, Dorele? I-auzi ce zice Florin.

Dorel n-a răspuns, şi nu pentru că i-ar fi interzis mă-sa, ci pentru că nu ştia ce să răspundă. Şi, oricum ar fi dat-o, tot n-o nimerea. Dacă zicea că da, s-ar fi prăpădit toţi de râs. Dacă zicea că nu, oricum nu-l credea nici dracu'.

— Răspunde dracu'! Ţi-a mâncat pisica limba? Da sau nu?

Poate că nea Gheorghe avea dreptate. Poate era timpul să arate, în sfârşit, că e bărbat, să dea cu pumnul în masă.

— Nu!

A fost un *nu* spus din tot sufletul. Aproape că avusese ecou pe întregul şantier. În sufletul şi în mintea lui Dorel cu siguranţă avusese.

S-a simţit eliberat, în sfârşit, de parcă s-ar fi desfăcut, sau măcar slăbit, un nod care îl lega de ceva... De cineva.

— I-auzi, bă, cică nu e aşa.

Hohote de râs au străbătut întregul şantier. Dorel nu râdea. Era mânios. Era mânios aşa cum nu mai fusese vreodată, nici măcar în acele nenumărate dăţi când se gândea că tac-su l-a părăsit ca să-şi facă o familie mai bună.

S-a repezit la Florin şi l-a privit în ochi cu furie, fără să zică ceva.

În jurul lor se făcuse linişte. Ceilalţi îi priveau consternaţi aşteptând să spună vreunul ceva, aşteptând să dea cineva înapoi, cel mai probabil, Dorel.

Dar el era prea hotărât în acele momente.

În cele din urmă, Florin s-a dat un pas în spate. Nu i se mai părea atât de amuzant. Începuse să-l creadă pe Dorel că nu face doar ce-i spune mă-sa. Nu-l văzuse niciodată atât de furios.

N-a fost nevoie de cuvinte sau de înjurături. Au înţeles cu toţii, printre acele tensiuni, că Dorel era mai mult decât credeau ei, mai mult decât lăsase vreodată să se vadă.

Florin s-a întors pe călcâie şi a plecat să îşi caute de lucru în altă parte.

În acea zi, au încetat glumele pe seama lui. Îşi câştigase un anumit respect, de care nu se bucurau mulţi.

Grupul de glumeţi s-a risipit, până a mai rămas doar Marius. A tras ultimul fum din ţigară cu poftă, apoi a aruncat cu nepăsare chiştocul printre bucăţile de moloz. L-a călcat cu bocancul lui mărimea 44 şi s-a oprit în faţa lui Dorel.

L-a bătut părinteşte pe umăr de două ori.

Dorel nu se mişcase din loc. Încă privea în urma lui Florin. Flăcările din sufletul lui începuseră să se domolească, dar Dorel abia aprinsese acel foc pe care urma să ardă toţi anii de batjocură.

— Bravo, bă, baiatule! Bravo!

Nu se putea spune că Marius îl plăcea în mod special pe Dorel. Era băiat muncitor, ce-i drept. Unde îl punea să muncească, acolo muncea. Nu îi nesocotise niciodată deciziile şi ordinele. E adevărat că nu părea să-l ducă mintea prea mult, dar în acea zi şi-a schimbat părerea despre el.

În acea zi, în ochii lui Marius şi ai tuturor, Dorel începea să devină, cam târziu, bărbat.

Paşii lui Marius încă răsunau în mintea lui Dorel. Petrecerea se spărsese şi îl lăsaseră singur. De fapt, el îi pusese capăt. Şi nu putea spune că regreta ceva. Se simţea al dracului de bine acum că, în sfârşit, reuşise să le închidă celorlalţi gura. Nici nu fusese atât de greu pe cât crezuse. A fost de ajuns un singur cuvânt.

– *Bravo, bă, baiatule!* îi spusese Marius înainte să plece. Pentru unii ar fi însemnat extrem de puţin, dar pentru Dorel însemna enorm. Crescuse inima-n el când înţelesese cu adevărat acele cuvinte.

A plecat şi el de pe şantier, în cele din urmă.

A călcat în picioare chiştocul aruncat de Marius şi a lăsat în urma lui un alt Dorel, unul mai moale.

***

Timpul a trecut, vara era pe sfârşite, cel puţin, calendaristic. Căldura nu părea să se domolească. Era sfârşit de august şi încă nu plouase cine ştie ce. Se căscase pământul de sete în aşa hal, încât ţi-era şi milă.

Venise culesul porumbilor, ai celor care reuşiseră să facă ceva boabe. Era mai multă muncă decât recoltă, dar oamenii nu se îndurau să-i lase pe coceni ştiind că avuseseră grijă de ei aproape un an întreg. Ceva tot trebuiau să scoată.

Dorel mergea şi el cu ziua, sâmbăta şi duminica, să culeagă porumbi. Nu avea aşa mare nevoie de bani, dar nici să stea degeaba nu-i venea. Îi plăceau atmosfera de acolo, glumele. Îi plăcea că ajungea întotdeauna primul la cap de rând, deşi avea două rânduri de cules deodată. Pe la jumătate, îi pierdea pe ceilalți şi rămânea cu gândurile lui şi cu un zumzet vesel în spate.

În anul acela, mai avea şi alt motiv să se ducă, Alina.

Alina mergea şi ea cu ziua, avea nevoie de haine şi de machiaj. Deşi terminase liceul, nu părea să aibă de gând să îşi găsească ceva stabil de lucru. Se mulțumea cu câte trei sute de mii la zi. De cele mai multe ori, muncea cu mă-sa, aşa că treceau repede zilele.

Culegeau porumbii la popa. Dorel luase două rânduri, ca întotdeauna. Alina luase doar unu.

Porumbi nu prea erau, în orice caz, nu mari, aşa că mergeau repede.

Se mai văzuseră în sat de câteva ori, de la acea seară, tot la discotecă. De vreo două ori o dusese şi acasă.

Îndrăzneala Alinei îl surprindea de fiecare dată, dar nu-l deranja. Ajunsese chiar să-i placă. Dacă ea făcea mereu primul pas când venea vorba de ceva nou, nu trebuia să se mai frământe el prea mult cu îndoieli şi întrebări.

Îi lăsaseră mult în spate pe ceilalți, se apropiau de sfârşitul celor şapte sute de metri de lan.

Dorel trăsese tare pentru că voia să se detaşeze împreună cu Alina de ceilalţi şi să rămână singuri. Voia puţină intimitate. Urma să-şi tragă sufletul alături de ea, la capăt.

Când şi-au terminat rândurile, s-au aşezat la marginea drumului uscat, de câmp. Stăteau unul lângă celălalt şi împărţeau o sticlă de bere în care îşi aduseseră apa. Încă se mai simţea puţin amăreala berii, dar nu îi deranja.

Alina părea puţin distrată, sau doar o măcina ceva.

Dorel nu se prea pricepea să deschidă o nouă discuţie. Epuizaseră încă de pe rânduri toate bârfele şi subiectele banale. Nu se pricepea nici să desluşească tăceri, lui îi plăceau lucrurile simple care erau ceea ce părea că sunt.

I-ar fi fost mai uşor dacă zicea Alina prima ceva. Dar Alina tăcea şi se uita la drumul care şerpuia arid în dreapta ei.

Tăcerea dintre cei doi devenea apăsătoare. În depărtare, începeau să se audă glasurile celorlalţi culegători.

— Dorele, ţie-ţ' place dă mine sau nu?

— Ce vorbă e asta?

Normal că îi plăcea de ea. Era frumoasă şi îl făcea să se simtă altfel, aşa cum nu îl făcuseră, de-a lungul vieţii, prea mulţi să se simtă... Dorit!

— Te-ntreb dacă îţ' place dă mine sau nu. Ne pupăm, dansăm la discotecă, mă duci acasă, da' nu spui niciodată nimic. Şi s-au adunat multe. Plus că lumea a început să vorbească. Ţie-ţ' place dă mine serios, sau doar aşa, ca dă orice fată?

— Îmi place serios.

N-o privea pe ea, nici măcar în direcția ei. Se uita undeva prin adidașii lui ieftini și plini de țărână.

Știa că lumea începuse să vorbească. Oricât de mult ar fi încercat să o ascundă pe Alina de Niculina, n-a reușit. Se și certase cu mă-sa, pentru prima dată, într-un mod serios.

***

Niculina se întorsese de la biserică foc și pară. Câteodată, Dorel avea impresia că se duce acolo doar ca să aibă ocazia să bârfească mai mult.

El își făcuse de lucru prin curte cu o poartă care nu se mai închidea bine.

– Dorele, tu vorbești cu Alina a lu' factoru'?

Tonul ei agresiv nu indica faptul că un răspuns afirmativ ar fi bucurat-o prea tare. Cu toate astea, Dorel nu putea s-o mintă. Că îi ascunsese adevărul era altceva. Dar nu putea s-o mintă.

A aprobat cu o mișcare aproape temătoare a capului.

– Într-atâtea fete câte sânt în satu' ăsta, pă a' mai curvă ai găsât-o?

Întrebarea Niculinei și totodată jignirea pe care i-o adusese Alinei l-au luat prin surprindere. Auzise niște zvonuri despre alți bărbați cu care mai fusese Alina, dar el nu îndrăznea să se îndoiască de integritatea fetei. Și nici Niculina nu avea vreun drept să se îndoiască, nu din punctul de vedere al lui Dorel.

Totuși, n-a zis nimic. A lăsat privirea în pardoseala de frasin și s-a roșit ca racul. Nu mai avea

26 de ani. Avea şapte ani acum şi făcuse o prostie care o supărase pe mă-sa. Nu dorise să o supere, dar era prins între ciocan şi nicovală. Ce voia el nu voia ea, şi ce voia ea nu îi plăcea lui.

— Ai terminat-o cu ea, m-auz'? Nu e asta dă nasu' tău. Îț' trebuie o fată cuminte, dă casă, să îț' crească copiii, nu curva satului.

Nodul ăla care îl lega de fusta Niculinei avea să îl țină departe pentru totdeauna de Alina.

Cine n-are o fustă dă care să se țână, să-şi cumpere.

Dorel avea fusta Niculinei. Se ținuse toată viața de ea, strâns. Iar acum, când ar fi vrut să-i dea drumul, în sfârşit, şi-a dat seama că ea se ținea de el.

— Mămică, Alina e fată bună. Ştii şi matale cum e gura satului.

Dacă nici Niculina nu ştia, atunci nu mai ştia nimeni. Trăsese şi ea *după urma* limbii consătenilor. O lăsase bărbatul cu un copil mic, fusese nevoită să muncească, se mai odihnise şi ea prin brațele unuia, altuia. O judecaseră toți. Mai bine zis, toate. Dar ce ştiau ele? Ce ştiau ele cum e să creşti singură un copil într-un nenorocit de sat, unde n-ai nicio posibilitate, în afară de munca fizică? Pusese grădină, creştea animale, mergea sute de kilometri până la piață, pe tren, cu sacoşe grele de zarzavaturi, ca să facă bani. Nu se plânsese nimănui, n-o ştia nici dracu' când rămânea fără un sfanț. Se descurca. Mai vindea o găină la târg, mai pigulea câte ceva pentru piață din grădină. Găsea ea.

Nu îi văzuse nimeni sacrificiile, greutățile, nopțile nedormite, zilele muncite fără odihnă. N-o compătimiseră decât câțiva. Dar aproape toți o invidiaseră pentru că reuşise. Aşa singură, cu copil mic, reuşise să se descurce, să pună ban pe ban, să-l dea la şcoală, să-i găsească de muncă, să strângă o brumă de avere.

Nu îi văzuse nimeni singurătatea şi frustrările, înjosirea pe care o simţise când plecase bărbată-său. Dar parcă o văzuseră toţi când ieşea de la Gheorghe din casă şi de la alţii cu care încerca în zadar să completeze un gol lăsat în sufletul ei, în casa ei, în viaţa ei.

Niculina ştia foarte bine cum e gura satului. Dar, cu toate astea, făcea parte din ea. Nu era omul care să întoarcă şi celălalt obraz, ei îi plăcea să plătească cu aceeaşi monedă. Şi n-a ratat nicio ocazie să o facă.

— Dorele, mamă, să ştii şi tu că fără foc nu iese fum. Dacă era fată cuminte şi nu pleca toată zâua la discotecă în fuste scurte, dacă nu să băga în samă cu toţi hăndrălăii, n-avea nimeni nimic cu ea, da' aşa...

Cuvintele Niculinei l-au ars pe interior, nu pentru că n-ar fi fost adevărate, ci tocmai pentru că erau. Alina era fată bună, dar nu putea băga mâna în foc pentru ea că e şi cuminte.

— La mine-n casă, aia nu intră, m-ai înţeles?

— Nici dacă mă-nsor cu ea?

Atât i-a trebuit mă-sii ca să vadă roşu în faţa ochilor. Doar nu-l crescuse cu atât de mare greutate, ca să aducă în casa ei o curvă. Băiatul ei avea nevoie de fată mare, din familie bună, poate şi cu ceva zestre. Ca Alina, se găseau pe toate drumurile.

— Ascultă la mine, Dorele, aia nu intră în casă la mine cât oi trăi io! După ce mă scoţ' cu tronu' pă poartă, poţi s-o bagi p-aia în curte.

— Mămică, da'...

— Da' ce?

— Da' io o iubesc.

— Iubeşti pă dracu'. Ţ-a luat asta minţâle cu fusta scurtă şi ţâţele în vânt, şi gata, o iubeşti. Aci nu vine, şi cu asta, basta!

Dorel n-a mai avut dreptul la replică, i-o tăiase prea scurt Niculina. Oricum nu avea să se înţeleagă cu ea mai bine pe tema asta.

Vorbise şi cu nea Gheorghe. Nu îi spuse mare lucru, dar îl ajutase atât cât putuse.

Zi şi tu ca mă-ta şi fă ca tine.

Aşa se şi întâmplase. N-o mai pomenise pe Alina de faţă cu mă-sa. Dar nu încetase să se vadă cu ea.

Avea îndoieli în ceea ce privea integritatea ei de fată cuminte, dar încă nu ştia cât i-ar fi influenţat sentimentele faptul că în viaţa Alinei ar fi fost, înaintea lui, şi alţi bărbaţi. Spera doar că nu foarte mult.

— Mie nu mi se pare că îţ' place serios.

— De ce?

Şi-a întors privirea către ea. Alina frământa între degetele pline de praf câteva fire de iarbă uscată.

— Aşa... Nu mi se pare.

Dorel nu mai ştia ce să îi răspundă. Nu ştia ce să facă mai mult. Ar fi făcut dacă ştia, dacă putea, dacă nu trebuia să se teamă mereu că află Niculina şi îi interzice să o mai vadă pe Alina.

— De ce nu mă scoţi şi pă mine la o prăjitură în oraş? De ce nu vii să vorbeşti cu tata? De ce nu mă duci la tanti Niculina să ne cunoaştem şi noi mai bine?

Lucrurile pe care le spunea Alina însemnau angajamente, obligații, promisiuni de viitor. Îşi dădea seama unde bate ea, dar aşa ceva nu era posibil.

Încercase să îi ascundă dezaprobarea Niculinei față de ea, dar venise momentul să îi spună.

— Mămica nu te vrea.

Alina l-a privit aspru în ochi.

— Cum adică nu mă vrea?

— Ca noră.

— De ce?

N-ar fi putut să îi spună pe şleau de ce. Îi era ruşine.

— Pentru ce vorbeşte lumea?

— Îhî...

— Da' tu mă vrei?

Dorel a ridicat din umeri. Nu era cel mai bun răspuns. Pentru Alina era cel mai rău. I-ar fi plăcut să fie mai bărbat, să nu îi mai pese atât de mult ce zice mă-sa, ce îi place ei, ce crede ea.

Alina fusese crescută de un bărbat alcoolic. Nu era tatăl ei, deşi aşa îl numea. Mama ei mai ținuse doi bărbați, factorul era al treilea. Cu fiecare dintre ei făcuse o fată. Ea era cea mai mare. Pe ea o suferea cel mai puțin factorul pentru că era blondă şi avea ochi albaştri, în timp ce el era țigănos şi aspru.

Nu fusese cel mai bun tată. Nu fusese tată aproape deloc pentru ea. Le înjura şi le numea curve pe ea şi pe mă-sa, de când se ştia. Mai departe nu mersese niciodată. Pe mă-sa n-o deranja. Nici pe ea n-a deranjat-o prea mult. Nu l-a luat în seamă niciodată. Numai că, fără să îşi dea seama, a ajuns la vorbele lui. A ajuns exact aşa cum îi spunea el că e.

Răspunsul lui Dorel o durea, pentru că de la el avea aşteptări. Ceilalţi n-o răniseră pentru că nu vrusese nimic de la ei. I-ar fi plăcut s-o vrea şi el aşa cum ea îl voia. I-ar fi plăcut să fie uşor.

— Să îmi spui şi mie când te hotărăşti.

S-a ridicat şi a plecat înainte cu un rând de porumbi.

Dorel a aşteptat la capul lanului până au venit şi ceilalţi. Nu voia să dea iar ochii cu Alina.

Şi-a dat seama că nesiguranţa lui a rănit-o, dar ăsta era adevărul, nu ştia dacă o vrea, atâta vreme cât trebuia să renunţe la Niculina pentru a fi cu Alina.

Fără mă-sa, n-avea nimic. Ce să îi ofere el Alinei?

***

— Dorele, ia vino, mă, încoa!

A lăsat sacul cu grâu jos şi s-a dus la gard.

— Ce e, nea Gheorghe?

— Vino pân' la mine.

S-a uitat peste umăr după Niculina, dar n-a zărit-o nicăieri. Şi-a târât paşii până la trunchiul dudului de care stătea rezemat nea Gheorghe fumând şi a dat fumul gros la o parte cu mâna.

— Stai jos.

Supus, Dorel a luat unul dintre scaunele mici şi s-a aşezat în faţa lui nea Gheorghe.

Era aproape octombrie. După toată seceta verii, plouase toată luna lui septembrie. În satele vecine fuseseră inundații.

De câteva zile se mai potolise ploaia, dar nu se zvântase pământul deloc. Era noroi peste tot, dar bine că plouase.

— Ce mai zâci, mă, Dorele?

— Nimic, bre.

Ceva din postura lui Dorel îi inspira lui Gheorghe milă. Părea... resemnat. Părea că suferă de acel soi greu de stârpit de resemnare pe care doar dezaprobările oamenilor pe care îi iubeşti îl pot sădi.

Auzise şi Gheorghe zvonurile din sat. Ştia că Niculina nu s-ar fi lăsat înduplecată cu dat dracu' atunci când îşi punea ceva în cap. Dacă era să fie sincer, nici lui nu i se părea că Alina era de nasul lui Dorel. El era prea blând, prea moale, în vreme ce Alina era stridentă şi iute în toate sensurile. Poate tocmai aceste diferențe îl cuceriseră pe Dorel, sau, poate, doar atenția pe care fata i-o oferea. Gheorghe nu îşi dădea seama ce aprinsese focul în inima lui, dar îl îngrijora acel ceva care avea să îl stingă.

Nu-l mai văzuse de multă vreme atât de abătut, atât de trist şi de resemnat. I se rupea sufletul când se gândea că băiatul ăsta era condamnat să trăiască toată viața lângă poala mă-sii, şi că el nici măcar nu încerca să scape.

Niculina nu era singura care doar pe Dorel îl mai avea. Gheorghe rămăsese şi el singur, cu mulți ani în urmă. Îi murise nevasta când a născut al doilea copil, iar copiii, după ce au plecat la facultăți la capitală, au uitat să se mai întoarcă acasă.

— Dorele, îț' place fata asta?

Dorel i-a oferit acelaşi răspuns pe care i-l dăduse şi Alinei în acea zi de vară târzie, pe iarba uscată.

De atunci, nu o mai văzuse. Nici nu se mai dusese la discotecă. A vrut să îşi pună puţină ordine în gânduri. Auzise totuşi de la Vasâle că ea n-a suferit prea mult. Se ducea la discotecă în fiecare sâmbătă. Auzise şi că mai erau alţii care îi dădeau târcoale, iar ea nu părea deranjată de asta deloc, ba dimpotrivă.

Pe el îl măcinau luptele care i se dădeau pe interior, dar încerca să îşi mute gândul de la ele. Muncea pe rupte toată ziua, ca să cadă lat de oboseală noaptea şi să nu se mai gândească, stând cu ochii în tavan, ore întregi la Alina.

Erau mulţi „dacă" în joc.

Dacă Alina n-ar fi avut reputaţia pe care o avea.

Dacă gura lumii n-ar fi fost atât de aspră.

Dacă mă-sa ar fi fost mai înţelegătoare.

Dacă ar fi ştiut că se poate descurca singur pentru amândoi.

Însă lucrurile nu stăteau sub nicio formă aşa cum ar fi vrut el să stea. I se aliniaseră stelele prost şi se născuse în zodie fără de noroc.

Toate întrebările şi neliniştile astea îl apăsau pe Dorel, însă se obişnuise cu ele. Se resemnase. Şi nu mai căuta soluţii. Spera să le rezolve altcineva pentru el. Nu ştia cine.

— Cum nu ştii, mă? Îţ' place sau nu?

— Nu ştiu.

Gheorghe a cumpănit o vreme răspunsul lui. Şi-ar fi dorit să-l fi ţinut mai mult pe lângă el, pe vremea când era copil. Nu i-ar fi stricat mai multă influenţă bărbătească. Niculina îl crescuse ca pe o fată. Mai că lipsea să-l îmbrace în ţoale de femeie.

A mai tras un fum din foaia de ziar şi aproape s-a ars la degete. A aruncat restul de ţigară pe jos, apoi şi-a pus mâna muncită pe umărul lui Dorel.

— Nu e că nu-ţ' place ţâie. Nu-i place lu' mă-ta. Am dreptate?

Dorel îşi dădea seama că aşa e. Se gândise la asta zile întregi, nopţi întregi. Dar nu putea, pur şi simplu nu putea să o dezamăgească pe Niculina în aşa hal. Muncise toată viaţa pentru el. Nu se gândise la ea nicio secundă. Tot ce făcuse, pentru el a fost. Alina ar fi fost o pată pe obrazul ei, nu s-ar fi obişnuit niciodată nu ea. Nu ar fi vrut să o facă.

Dorel şi-a pus coatele pe genunchi, şi-a prins tâmplele în palme, apoi a oftat adânc.

Gheorghe şi-ar fi dorit să fie de partea lui, însă ştia în sinea lui că Niculina are porţia ei de dreptate şi că, până la urmă, îi vrea doar binele lui Dorel.

— Băiete, fata asta nu e dă tine.

— De ce nu e, bre?

— C-aşa sânt femeile dă teapa ei. Nu sânt bune pentru băieţi ca tine.

I-ar fi plăcut să îi spună cineva şi de ce nu sunt fetele ca Alina bune pentru el. Şi care fete sunt bune pentru el. Toată viaţa trăise după reguli impuse de unul şi de altul, fără să le înţeleagă. Fără să i le explice cineva. Nu simţise niciodată nevoia să se împotrivească. Până acum.

— Bre, dacă nici mata nu eşti dă partea mea, cine să mai fie?

Gheorghe şi-a regretat imediat cuvintele. Îşi dădea seama că Dorel se afla într-un punct în care, dacă nu avea de cine să se sprijine, ar fi acceptat soarta scrisă de alţii, fără să comenteze.

Dar dacă Dorel simțea în sfârşit că e timpul să îşi ia soarta în propriile sale mâini?

Dacă îşi dorea doar să ştie că cineva îi dă dreptate şi că îl sprijină?

Dacă voia numai un gram de încredere în judecata sa?

— Dorele! a strigat peste gard Niculina.

— Dorele! a imitat-o nazal Gheorghe.

— Iar pierz' timpu' cu moşu' ăla?

— Ehee, Niculino, ce ț-a mai plăcut țâie să pierz' timpu' cu moşu' ăsta când încă mai avea ceva vână în el.

— Nu ț-o fi un pic ruşine să vorbeşti aşa? Om bătrân, şi numa' la prostii îț' stă gându'.

— Şi țâie, nu? Gata, te-ai dat cu biserica acuma. Eşti dată dracu' dă evlavioasă, da' parcă nu-ț stă rău sub patrafiru' lu' popa, ai?

— Lua-te-ar dracii dă moş! Dorele, treci acasă! Numai prostii are în cap. S-a sclerozat.

— Du-te, Dorele, că asta îț' pune cucută-n ciorbă dacă n-o asculț'.

S-au ridicat amândoi de pe scaunele lor. Gheorghe şi-a mai aprins o țigară. Niculina îi privea de peste gard cu mâinile în şold, aşteptând să îi urmeze Dorel ordinul.

— Să trăieşti, bre!

— Să fii sănătos!

Dorel şi-a târât paşii spre propria curte. În urma lui, Gheorghe fuma liniştit. Niculina aştepta victorioasă pe treptele din fața casei.

— Auz', Niculino?!

— Ce vrei?

— Cine n-are o fustă de care să se țină, să-și cumpere!

Niculina a intrat în casă bombănind și tunând.

Gheorghe și-a permis un hohot înfundat de râs.

Dorel a zâmbit și el în colțul gurii văzând-o pe mă-sa atât de afectată de glumele moșului.

— Să știi că io sânt dă partea ta, Dorele.

Nu s-a întors să-l vadă, dar știa că pe nea Gheorghe se poate baza, orice ar fi. Poate n-o plăcea prea mult pe Alina și nu o credea potrivită pentru el, dar îl iubea ca pe copilul său și ar fi fost în stare să facă compromisuri pentru asta.

Spre deosebire de alții.

***

Sâmbăta următoare, Dorel s-a gândit că e timpul să ia taurul de coarne și să vorbească deschis cu Alina. Nu putea să ia vreo hotărâre până când nu știa exact ce sentimente și ce așteptări are ea.

Nu s-a dichisit prea mult pentru ieșirea la discotecă. Niculina a încercat să îl facă să se răzgândească, aruncând neglijent câteva reproșuri și niște dezaprobări, dar nu s-a lipit nimic de el. Era de neclintit.

A ajuns târziu, aproape de miezul nopții. I s-au împăienjenit ochii de la fumul din interior. Volumul muzicii era prea mare. S-a chinuit să ajungă la bar printre fetele și băieții care se îmbulzeau să danseze.

N-o zărise nicăieri pe Alina şi avea emoţii că nu o va întâlni deloc. Dar un sfert de oră mai târziu şi-a făcut apariţia.

Nu era singură. Dorel nu-l cunoştea pe băiatul care era cu ea. Părea mai tânăr decât el şi, cu siguranţă, mult mai îndrăzneţ. Dansa cu Alina în mijlocul discotecii şi nu îşi putea lua mâinile lipicioase de pe coapsele şi de pe fundul ei.

Alina nu îl zărise pe Dorel, dar el văzuse tot. Îşi dădea seama acum că Niculina şi nea Gheorghe nu vorbeau prostii, că aveau dreptate şi că ea nu era potrivită pentru el. Dacă ar fi fost, nu s-ar fi distrat atât de bine cu unul care face lucruri ce nasc zvonuri... Sau concluzii.

N-a îndurat prea mult să-i privească pe cei doi. Chiar crezuse că Alina e mai mult decât ce spuneau ceilalţi. Sperase că va putea el să le demonstreze asta tuturor. Dar nu putea. Nu putea, pentru că Alina aşa era. Şi nu era potrivită pentru el.

A încercat să iasă cât mai repede din discotecă. Îl usturau nările de la fum, îl durea inima din cauza dezamăgirii şi simţea că urmează să se prăbuşească.

A auzit-o pe Alina strigându-l în timp ce ieşea pe uşă, dar nu s-a întors. A coborât în fugă treptele clădirii şi s-a grăbit să ajungă la bicicletă.

Alina s-a luat după el. Când l-a ajuns din urmă, deja încălecase bicicleta.

— Dorele, stai!

El n-ar fi vrut să stea. Şi în acelaşi timp era tot ce mai voia să facă în acele momente.

— Dorele, nu e ceea ce pare.

— Atunci, ce e?

— Păi...

Şi-a pus mâna pe antebraţul lui, însă n-a ştirbit deloc din hotărârea lui.

— Ce e, Alino, atunci?

A cumpănit o clipă ce avea de spus, apoi a ales să spună adevărul.

— Tu n-ai mai venit... Am crezut că atâta a fost şi...

— Şi?

— Şi viaţa merge înainte, Dorele. Ce vroiai, să stau ca proasta şi să bocesc după tine? Nu eşti nici primu', nici ultimu' după pământ.

Alina nu vrusese să bocească după Dorel ca proasta, în timp ce el pierduse nopţi întregi gândindu-se cum să rezolve o situaţie fără soluţii.

Cu un lucru, însă, avea dreptate, nu era nici primul, nici ultimul de pe pământ. Dar nici ea nu era.

— Ş-acuma vii aici şi te dai rănit de parcă ar fi numai vina mea. E şi vina ta, să ştii. În loc să stai după curu' lu' mă-ta toată ziua, ai putea să înveţi şi tu să fii mai bărbat, că d-aia râde tot satu' dă tine.

Dorel n-a zis nimic. S-a urcat pe bicicletă şi a plecat acasă.

În urma lui, Alina s-a simţit jignită de lipsa lui de ripostă, însă nu pentru mult timp. O aştepta cineva în discotecă.

Iar viaţa mergea înainte.

Dorel n-a simţit cei câţiva kilometri de drum. S-a trezit în faţa porţii, dezamăgit până în măduva oaselor. Avuseseră cu toţii dreptate. Numai el se înşelase.

Şi-a sprijinit bicicleta de gard şi a intrat fără zgomot în casă.

Niculina nu dormea. Aşteptase să se întoarcă băiatul. De data asta, stătuse puţin. O neliniştea de ceva timp simţămintele lui Dorel. Nu mai era la fel cum îl ştia ea dintotdeauna. Se închisese în sine şi mai mult. Zilele se scurgeau între ei spunându-şi cuvinte banale, fără să vorbească de fapt prea multe.

Spera că o să înţeleagă el, în cele din urmă, că ea e mai trecută prin viaţă şi că îi vrea doar binele.

Nu voia să insiste prea mult asupra problemelor evidente cărora subiectul Alina le dăduse naştere. Era de părere că vor trece de la sine şi că Dorel va înţelege, într-un sfârşit, că nu îi e deloc potrivită o fată ca ea.

În camera lui Dorel nu se schimbase nimic în ultimele ore, dar în sinea lui se schimbase totul.

Dacă se gândea bine, ajunsese în acelaşi punct în care se afla înainte să o cunoască pe Alina. Era tot singur şi încă nu avea nicio perspectivă de însurătoare. Dacă o scotea pe ea din discuţie, viaţa era aceeaşi.

Însă, în acelaşi timp, nu mai era. Se schimbase ceva, n-ar fi ştiut să zică ce, dar începuse să îşi dea seama că mersul firesc al lucrurilor nu poate fi grăbit.

***

Iarna a venit devreme în anul acela. Prima zăpadă a căzut la mijlocul lunii noiembrie. Viaţa îşi urma cursul normal.

Dorel încetase să-şi mai caute nevastă. Dacă avea să se întâmple, se întâmpla oricum. De ce să îşi mai facă el atâtea griji?

Niculina se mulţumea cu faptul că băiatul îşi revenise la normal şi că nu îi mai umbla mintea după fuste scurte de fete uşuratice.

Pe Gheorghe îl încerca o răceală urâtă de aproape o săptămână şi tuşea ca tebeciştii. Nu s-ar fi îndurat totuşi să lase ţigările. Două plăceri îi mai rămăseseră în viaţă: tablele şi tutunul. Iar în acel moment nu se afla în postura de a vrea să renunţe la vreuna dintre ele.

Alina dispăruse definitiv din peisaj. Dorel nu mai auzise nimic despre ea. Nici nu mai întrebase. El era genul acela de om care, odată ce a încheiat un capitol, nu se mai întoarce la el.

Era marţi după-amiaza şi ningea de zor încă de dimineaţă. La poartă striga răguşit Vasâle.

— Dorele, ieşi, bă, odată, că e un frig dă crapă pietrele.

— Ce e? a strigat Dorel din prispă.

Şi-a încălţat ghetele în grabă, a aruncat o geacă ponosită pe el şi a ieşit în ninsoarea deasă.

— Nu intri înăuntru?

— Nu stau mult. Am o vorbă cu tine.

— Spune.

— Te roagă Alina să vă vedeţ' la bar la nea Romică. Astăzi, la şapte.

— De ce să ne vedem?

— Are o vorbă cu tine.

Dorel nu era de aceeaşi părere. Din punctul lui de vedere, îşi spuseseră deja ce mai aveau de spus.

— Nu mă duc.

— De ce, bă?

— D-aia.

— Hai, bă, Dorele!

— Spune-i că nu mă duc.

— Da' ce ț'-a venit, bă?

— Am treabă. Tre' să stau după curu' lu' mămica.

A dat să plece. Alina era un subiect închis pentru el acum.

Vasâle părea puțin încurcat de ultima remarcă a lui Dorel.

— Bă, uite care e treaba, părea cam disperată să vorbească cu tine.

— Să mă caute acasă.

— N-o să te caute, îi e frică dă mă-ta.

A rămas pe loc câteva secunde, s-a legănat de pe un picior pe celălalt, apoi a plecat spre casă.

— Spune-i că mă mai gândesc.

A mers să mai ia un braț de lemne, şi se tot gândea la ce îi spusese Vasâle, că părea Alina disperată să vorbească cu el.

De data asta, nu cedase pentru că era prea moale. Cedase pentru că era om bun şi nu-l lăsa inima să refuze pe cineva aflat la ananghie.

Credea că Alina îi va cere bani, dar nu avea de gând să o împrumute cu nimic.

Spera că o să îşi ceară iertare pentru ce îi spusese, deşi nici asta nu ar fi reparat în vreun fel lucrurile. Ea credea cu adevărat ce îi spusese în seara aceea. La fel cum credeau cu toții despre el.

Şi-a scuturat ghetele bine de zăpadă şi a întrat în casă.

Încă nu era hotărât dacă să meargă sau nu. Avea îndoielile lui, şi le avea pe bună dreptate.

Câteva ore mai târziu, Dorel se încălța cu aceleaşi ghete mari şi îşi lua pe el aceeaşi geacă ponosită. Era şapte jumate. Se hotărâse să nu meargă, dar imediat cum se făcuse şapte, parcă nu mai avea stare. Şi-a călcat pe orgoliu şi a plecat spre barul lui Romică.

— Dorele, unde pleci?

— La bar la nea Romică.

— Aa... Să iei şi tu o sticlă dă bere.

— Iau.

N-avea de mers prea mult până acolo, dar zăpada mare era un obstacol considerabil. Se făcuse aproape opt când a ajuns Dorel. Nici nu credea că o s-o mai găsească pe Alina acolo sau, mai bine spus, spera că n-o s-o mai găsească.

Totuşi, cum a intrat în bar, a şi zărit-o. Stătea la masa din colț cu un pachet de biscuiți în față. Parcă nici nu era ea. Părea plânsă şi ştearsă. Nu se mai zărea nimic din acea Alina pe care o ştia el.

A cumpărat mai întâi berea pentru Niculina şi o sticlă de suc pentru el, apoi s-a postat în fața Alinei aşteptând să-i spună cât mai repede de ce îl chemase.

Dar Alina n-a zis nimic. Îşi frământa nervoasă mâinile şi refuza să-l privească în ochi.

A tras un scaun şi s-a aşezat în fața ei.

Alinei începuseră să îi curgă lacrimi pe obrajii roşii.

— Ce ai?

Dorel nu era cel mai priceput om într-ale cuvintelor. Prefera stilul scurt şi la obiect, de ce să facă risipă de vorbe?

Când în sfârşit s-a hotărât să vorbească, Alina abia a legat două cuvinte printre hohote de plâns. Avea vocea stinsă de suspine.

— Dorele... Sânt gravidă...

Pe Dorel l-a şocat vestea, l-a şocat pentru că nu ştia de ce îi spune tocmai lui asta. Între ei nu fusese nimic, în afară de câteva săruturi stângace şi dansuri la discotecă.

S-a ridicat de pe scaun fără să spună nimic. Nu se putea hotărî dacă să spună ceva sau să plece pur şi simplu.

— Dorele, nu mă lăsa, că mă omoară.

— Cine?

— Tăticu'. Tăticu' mă omoară dacă aude că am copil din flori.

— Nu e al meu.

— Lumea aşa o să creadă.

Din nou, Dorel a ridicat din umeri. Nu-i mai păsa ce o să spună lumea. Doar că... Din acea lume făcea parte şi Niculina.

Însă Niculina l-ar fi crezut. Trebuia să-l creadă, doar ştia cum îl crescuse.

— Nu e al meu.

— Dorele, ia-mă, te rog, că mă omoară. Mă dă afară în ger, să dorm cu câinii.

Alina se agățase cu mâinile de el, într-un ultim gest de disperare.

I-a luat mâinile şi i le-a aşezat înapoi pe masă.

Nu mai era nimeni în bar, în afară de Romică. El nu era genul care să împrăştie zvonuri şi bârfe.

— Să te ia ăla care te-a lăsat gravidă.

Cum să îi spună ea că nu ştia cine o lăsase gravidă? Cum să îi spună că, în timp ce îi dădea lui speranțe, se mai întâlnea şi cu alții, mai bărbați decât el, mai îndrăzneți decât el? Cu unii care nu stăteau toată ziua legați de fusta mamei.

Cum să îi spună că ştia că n-ar fi luat-o nimeni, şi că el era ultima ei speranță?

— Dorele, nu ți-e milă dă copilu' ăsta, că o să crească fără tată?

Fără să ştie, Alina îi dăduse cea mai puternică lovitură pe care ar fi putut să i-o dea. Nimeni nu ştia mai bine decât Dorel cum e să creşti fără tată.

Cu toate astea, n-a spus nimic. A strâns mai tare la piept cele două sticle şi a plecat.

În urma lui, Alina se prăpădea de plâns.

Paşii nesiguri n-au vrut să-l poarte acasă, aşa că a mers până la nea Gheorghe.

Era încă bolnav. I-a dus în casă două brațe de lemne şi i-a turnat un pahar cu suc.

— Ia zi, mă, ce e cu tine?

Tusea nu se potolise deloc. Oboseala se instalase bine în trupul înalt şi subțire al bătrânului. Stătea la marginea patului privindu-l pe bărbatul deznădăjduit din fața lui.

Dorel nici nu mai ştia de ce venise. Sau ştia, dar îi era teamă să pună punctul pe i. Nea Gheorghe îi promisese că e de partea lui, însă decizia pe care voia el s-o ia nu era deloc una uşoară.

— A rămas Alina gravidă...

— Cu tine?

Nu păruse deloc surprins de veste, dar şi-a aprins o ţigară.

Dorel a scuturat din cap.

— Sigur?

— Îhî.

— Şi atunci?

— Vrea s-o iau dă nevastă.

— De ce?

— C-o omoară tac-su dacă află că are copil dân flori.

— S-o ia ăla care a-mborţoşat-o.

De aceeaşi părere era şi Dorel, doar că, deşi Alina nu îi spusese gândurile care o neliniştеau, el îşi putea da seama singur că nici ea nu ştia cine e tatăl copilului.

— Nu ştie care e ăla.

— Da' nu eşti tu?!

— Nu.

— Mă, eşti sigur?

— Da, bre, că doar nu să fac copiii aşa, că i-ai pus mâna pă cur lu' una.

Gheorghe s-a liniştit, însă nu înţelegea încă neliniştile lui Dorel. Dacă nu era copilul lui, nu era treaba lui. Alina să se descurce singură.

— Ş-atunci, care ie problema ta, Dorele?

— Vreau s-o iau dă nevastă.

— Ce să faci?

— S-o iau dă nevastă. Ce-ai, bre, nu mai auzi?

— De ce s-o iei tu dă nevastă? Dacă i-a plăcut să stea cu cracii-n sus, să-i placă şi cu plodu-n braţă.

— Şi să crească copilu' ăla fără tată?

Abia acum înţelegea Gheorghe unde bate Dorel. Şi el crescuse fără tată. Oricât ar fi încercat mă-sa să completeze golul ăla rămas, n-a reuşit. N-a reuşit nici el, deşi s-a străduit şi l-a ţinut pe băiat aproape, atât cât s-a putut. Dorel ştia mai bine decât ceilalţi cum e să creşti fără tată, cum e să te întrebi zi de zi ce ai fi putut face în plus, ca să te iubească mai mult şi să îl convingi să nu plece.

Dorel ştia. De asta era dispus să se sacrifice pentru un copil care nu era al său.

— Bă, băiete, însurătoarea nu ie aşa simplă, că nu îţ' iei vacă. Dacă nu-ţ' convine dă ea, n-o duci săptămâna ailaltă la târg s-o vinzi. Tre' să trăieşti cu ea.

— Ştiu, bre.

— Mă, Dorele, fata asta nu ie dă tine. O iei, îi creşti copilu' şi ea îşi face mendrele cu unu' şi altu' cum are chef. Şi tu munceşti ca prostu' toată viaţa pentru curva şi copilu' altuia.

— Ştiu, bre.

— Păi, ş-atunci?

— Io vreau să cresc copilu' ăsta.

Dorel înţelegea tot ce încerca nea Gheorghe să-i explice, dar se simţea obligat faţă de copilul care fusese cândva să ofere acel ceva care lui nu i se oferise.

— Cum vrei tu, Dorele, da' o să-ajungi la vorbele mele.

— Aşa o fi.

— Lu' mă-ta i-ai spus?

Întrebarea l-a luat prin surprindere. Aproape uitase de Niculina. Dacă nea Gheorghe nu era de acord, Niculina, nici atât.

— Am venit direct la mata.

— Aia face infarct, dacă aude.

— Nu face.

— Tu la Nina în casă n-o bagi pă aia, nici moartă. Vă dă afară p-amândoi.

— Ştiu.

— Şi atunci, cum faci? Unde-o duci?

— Iau chirie undeva. Văd io. O să muncesc.

— De ce nu vrei, mă, să ascultʼ dă un om bătrân? Las-o aşa cum a căzut, că n-a căzut pă casa ta.

— O iau dă nevastă, bre. Şi cu asta, basta.

Gheorghe nu-l mai văzuse niciodată atât de hotărât. Părea că se gândise bine înainte, deşi decizia era pripită din toate punctele de vedere.

— Credeam că măcar mata o să-nţelegi.

S-a întors pe călcâie şi a plecat.

A fost o noapte lungă pentru amândoi. Gheorghe era chinuit de tuse şi de hotărârea prostească a lui Dorel.

Dorel a tot încercat să găsească soluţii pentru căruţa de probleme care îi împovăra umerii. Nu le găsise pe toate, dar urma să le ia pe rând.

Trebuia să se descurce. Nu ştia cum, dar trebuia. Avea un copil de crescut acum.

***

A doua zi, soluția problemelor sale îl aştepta în curtea vecină.

— Ia vino, mă, încoa!

— Ce vrei, bre?

— Am o vorbă cu tine, două secunde.

Gheorghe fuma liniştit. Zăpada avea mai bine de un metru, dar afară se încălzise. Picurau streşinile. Ieşise şi soarele. N-ai fi zis că decembrie aşteaptă la colț.

Amândoi erau obosiți. Şi amândoi se consolau cu gândul că fac ce trebuie.

— Dorele, m-am gândit io mai bine az-noapte. S-ar putea să n-ai dreptate, da' dacă aşa vrei tu, io nu mă-mpotrivesc.

Cuvintele lui nea Gheorghe însemnau mult pentru Dorel. Ştia că de la mă-sa n-o să primească vreun sprijin, aşa că orice aprobare era bine-venită.

— Dacă vrei, veniți la mine. Vă țân io.

Dorel a rămas fără cuvinte. Pentru el, simplul gând că nea Gheorghe nu îl judecă şi îl înțelege era suficient. Faptul că îi lăsa să stea la el era mană cerească.

— Io n-o să vă deranjez. Şi oricum nu mai am aşa mult dă trăit. Ăştia câțiva ani, câți or mai fi, măcar să nu stau sângur.

— Bre, ce vorbă e asta? Păi mata o mai duci uşor pân' la sută.

— Doamne ajută, Dorele, da' n-ai dă unde să ştii. La vârsta mea...

În cele din urmă, Dorel a făcut cum a vrut. Decizia nu îi aducea mare alinare şi nu îl făcea fericit, dar nici vreo durere nu îi pricinuise. Se împăcase cu gândul, şi poate avea să facă vreun copil al lui cu Alina.

Niculina, aşa cum prezisese Gheorghe, a fost aproape să facă infarct când a auzit vestea. Ori de câte ori vedea pe cineva în curtea vecină, nu se putea abţine să nu blesteme.

Alina a zis bogdaproste că a scăpat de ruşine atât de uşor. La fel şi familia ei.

Puseseră nunta la începutul lui mai, după Paşte.

Cu excepţia blestemelor Niculinei, care păreau să nu înceteze, lucrurile au intrat repede pe un făgaş cât de cât normal.

Dorel avea, în sfârşit, un răspuns cert pentru întrebarea *Dorele, când te-nsori, mă?*.

***

Primăvara s-a făcut resimţită cu adevărat abia spre sfârşitul lui martie.

Pântecul Alinei crescuse considerabil, mai avea doar două luni până să-i vină sorocul. Vieţile ei şi a lui Dorel nu se schimbaseră atât de mult cum s-ar fi aşteptat.

El n-a putut să treacă peste ce îi spusese ea în acea noapte la discotecă. Acele sentimente pe care le avea pentru Alina se frânseseră atunci.

Ea nu şi-a cerut niciodată iertare. I-a mulţumit cu cerul şi pământul că o scăpase de ruşine, dar nu se străduise să îndrepte în vreun fel ce stricase.

Cumva, vieţile lor nu se potriveau încă.

Dorel rămăsese legat de fusta Niculinei, cu sufletul. Îl durea extrem de tare că încă nu îşi vorbeau. Iar acum era legat şi de fusta Alinei. Se legase singur, de bunăvoie.

Gheorghe vedea toate astea, dar nu voia să se bage. Nu era treaba lui. Era mulţumit că se însănătoşise şi că venise primăvara. Putea să-şi care liniştit tablele.

Dar tot mersul oarecum anapoda şi oarecum normal al lucrurilor a fost dat peste cap într-o după-amiază.

Alina strângea haine în valize, iar Dorel se uita din pragul uşii la ea.

— Înapoi, nu mai vii.

— Nu mai vin.

— Şi dacă te goneşte ăla?

— Nu mă goneşte. E copilu' lui.

Dorel nu era atât de sigur. Nici Alina nu era. Şi nici presupusul tată nu putea fi, cu toate astea, se hotărâse s-o ia pe Alina de nevastă, în ciuda faptului că ea avea deja nunta pusă cu Dorel.

Pentru ea, decizia n-a fost grea deloc. Urma să se mute la oraş, să devină o doamnă. Celălalt avea bani mai mulţi, maşină.

Dorel nu zisese nimic când l-a anunţat că pleacă. A vrut doar să ştie că el încă o şansă n-o să-i mai dea.

A plecat din pragul uşii şi s-a dus la nea Gheorghe, sub dud.

— Şi ce zâci, mă, Dorele?

— Ce să zâc, bre. Să facă ce-o vrea.

— Lasă, bă, că ai scăpat dă o pagubă.

Dorel a ridicat din umeri.

Nu îi mai păsa de multă vreme de Alina. Putea să ia decizii şi singură. Lui îi păsase de copil, voia să crească alături de un tată. I se promisese altul, ce mai conta că nu era el acela?

Alina a plecat din casa lui Gheorghe în acea zi, fără să privească înapoi. Dăduse norocul peste ea, şi doar nu era să îi dea cu piciorul, pentru Dorel.

***

Câteva zile mai târziu, viaţa era la fel cum fusese şi cu un an în urmă. Dorel se întorsese acasă, iar Niculina îl primise cu braţele deschise.

Facerea de bine e futere de mamă, să ţii şi tu minte dă la mine.

Doar atât îi spusese. Ştersese ultimele luni cu buretele, aşa cum numai o mamă o putea face pentru copilul ei.

Dorel tot n-avea răspunsul aşteptat de ceilalţi la întrebarea care îi chinuise atâtea zile, dar avea un răspuns care pe el îl mulţumea.

Când o vrea Dumnezău.

Cine era el să se împotrivească sorţii şi Domnului?

De Alina, n-a mai auzit prea multe. Nici nu l-a interesat dacă e fericită sau nu. Conta doar faptul că găsise un tată pentru copil.

Voia şi Dorel un copil, unul al său, căruia să îi poată fi tată, aşa cum nu fusese nimeni pentru el. Însă nu se grăbea. Ce era al lui fusese pus deoparte.

A ieşit pe prispă în lumina primăverii. Înfloriseră târziu pomii şi încă nu se petrecuseră florile.

Peste gard l-a zărit pe nea Gheorghe, sub dud. Îşi făcea tacticos ţigări. Nu se lăsase. Şi nici n-avea să le lase vreodată. Mai bine murea din cauza lor, decât să moară fără ele. Fusese o vreme în care doar ele îi mai ofereau alinare. De ce să se lase?

Când a ridicat privirea din foile de ziar, l-a zărit pe Dorel în prispă. A zâmbit, şi-a trecut limba peste bucata de ziar, apoi a aprins ţigara proaspăt făcută.

Fumul gros i-a ieşit ca o avalanşă din plămânii obosiţi de vreme şi de atâta tutun. L-a dat la o parte cu o mişcare studiată a mâinii şi l-a privit pe Dorel.

— Ia zi, mă, Dorele, tu când te-nsori?

O să fie bine!

Există o sămânță de rău în fiecare bine şi o sămânță de bine în fiecare rău. Uneori, linia dintre cele două e atât de fină, încât devine greu să le distingi. Un rău făcut pentru o cauză bună rămâne, totuşi, un rău, iar un bine făcut prin mijloace nedrepte, e doar praf în ochii lui Dumnezeu.

***

— O să fie bine, Radule. O să vezi.

— Şi dacă nu e?

— N-are cum să nu fie. Am văzut-o cum se uită la tine.

— Cum se uită?

— Nu ştiu... Aşa cum se uită fetele la băieţi când le place de ei. Ce, tu n-ai observat?

Radu observase şi el că Maria îl privea galeş de la un timp, dar nu îndrăznea să viseze la ceva concret. Veneau din lumi diferite. Iar în realitatea lor, iubirea nu putea trece peste orice. Era conştient că diferenţele prea mari dintre ei ar fi fost mereu un obstacol de netrecut în calea unei relaţii. Dar îi mai rămânea mereu o fărâmă de speranţă. Măcar la atât avea dreptul, la speranţă.

— Şi tu crezi că o să vrea?

— Dacă şi ea te place, o să vrea. După ce ieşiţi la cafea, o duci acasă şi îi spui pe drum că tu o placi mult. N-o întrebi direct dacă vrea să fie iubita ta, o iei aşa, mai pe ocolite, da' să nu te întinzi prea mult. Hai că ştii tu, nu tre' să te-nvăţ eu.

Matei era cel mai bun prieten al lui Radu de când se ştiau. Crescuseră pe aceeaşi scară a unui bloc de la marginea oraşului. Fuseseră la aceeaşi grădiniţă, apoi la aceeaşi şcoală, iar, acum, mergeau la acelaşi liceu.

Pe cei doi îi legau mai mult decât anii petrecuţi împreună. Se născuseră amândoi cu aceleaşi şanse, puţine, pentru o viaţă bună. Erau recunoscători pentru prietenia lor, reuşiseră să treacă peste multe de-a lungul celor 16 ani de viaţă, fără să simtă că sunt pe cont propriu împotriva tuturor.

— Hai, mă, că o să fie bine!

— Şi dacă nu e?

Matei era mereu optimist. Radu vedea întotdeauna jumătatea goală a paharului. Dar se completau. Şi nu cădeau niciodată amândoi. Cădeau pe rând. Ştiau să fie puternici unul pentru celălalt şi să se ridice de jos când viaţa le punea piedici.

— Dacă nu e, nu e. Găseşti tu altă fată. Nu e Maria ultima.

Lui Radu nu îi plăcea deloc această perspectivă, dar nici nu şi-o putea scoate din cap. Un refuz i-ar fi frânt inima în două. Însă se consola cu speranţele. Poate Matei avea dreptate.

Poate urma să fie bine.

Au intrat în scara blocului în care locuiau. Matei s-a oprit la etajul patru. I-a strâns mâna lui Radu, aşa cum făceau bărbaţii, şi a intrat în casă.

Radu s-a oprit la etajul şase. A învârtit grăbit cheia în broască şi a intrat. Mirosea toată casa a macaroane cu brânză, preferatele lui.

— Săru' mâna!

— Să trăieşti!

— Sunt pentru acuma sau pentru diseară?

— Nu vrei să-l aşteptăm şi pe tac-tu? E ziua lui.

6 decembrie, cum de uitase?

Poate pentru că această dată nu mai însemna de multă vreme pentru el ceea ce însemna pentru restul copiilor. Crescuse, era aproape bărbat, acum nu mai lustruia ghete aşteptând dulciuri. Însă rămăsese ziua tatălui său. Ar fi trebuit să-şi amintească.

— I-ai luat ceva?

— I-am făcut o pereche de şosete de lână. Tu?

— Am uitat.

— Mai ai timp, până vine.

Radu s-a întrebat dacă mai avea bani rămaşi pe undeva. Oana i-a ghicit gândul.

— Îți dau eu nişte bani, dacă vrei.

— Dacă ai.

— Mai am ceva.

A plecat grăbită în dormitor şi s-a întors cu două sute de mii. Luase din banii *de zile negre*, dar Radu nu trebuia să ştie.

Aşa fusese viața lor dintotdeauna, modestă, aproape săracă. Oana lucrase o vreme, înainte să-l nască pe Radu. Era croitoreasă. În urma sarcinii se alesese cu o hepatită de la transfuzia de sânge. Şi cu Radu. Băiatul crescuse frumos, iar boala nu bătuse nici ea pasul pe loc. Avea ciroză acum, deşi nu băuse în viața ei mai mult de un pahar de bere sau de vin. Nu mai putea să muncească, rămăsese casnică, iar toată povara traiului lor atârna pe umerii lui Nicu, muncitor la o fabrică de conserve. Nu câştiga prea bine, puțin peste minimumul pe economie, dar, cu orele suplimentare, se descurcau ei.

Radu a luat banii, simțind aceeaşi ruşine pe care o simțise de fiecare dată când primea ceva. Nu cerea niciodată bani pentru el. Lua ce i se dădea, atât cât i se dădea, fără să comenteze.

Era cel mai sărac dintre colegii lui, ştia asta. Până şi Matei o ducea mai bine. Mama lui era sănătoasă, putea să muncească, nu cheltuia bani pe medicamente şi prin spitale. Nu că i-ar fi reproşat vreodată boala Oanei, dar se întreba adesea cum ar fi fost viața lor dacă nu se îmbolnăvea.

Viața aceasta modestă fusese colega lui de cameră, colega lui de bancă, încă de pe vremea când nu o înțelegea pe deplin. Atunci era simplu, ceilalți aveau, şi el n-avea. Acum se complicaseră lucrurile, iar sărăcia devenise cel mai rău duşman al său, un fel de lanț care nu îi dădea voie să îşi trăiască viața aşa cum puteau alții să o trăiască.

– Ştii dacă vrea ceva?

– O geacă. Poate găseşti vreuna la second-hand.

Un cadou la mâna a doua nu era cadoul ideal, însă era mai bun decât niciun cadou. Nicu ar fi apreciat gestul şi faptul că s-au gândit la ceva pentru el.

Radu a ieşit cu banii în buzunar să caute o geacă bună şi frumoasă pentru tatăl său, una care să se încadreze în banii pe care îi primise.

– Nu vrei să mănânci înainte? a strigat Oana pe toată scara.

Nu mâncase nimic toată ziua, dar n-avea timp de pierdut.

– Când mă întorc! a răspuns Radu, aflat la etajul al patrulea deja.

A căutat toată după-amiaza şi a găsit, în cele din urmă, una care avea să-i placă în mod cert lui Nicu.

Era întuneric când s-a întors. Îi trecuse foamea între timp. Nicu trebuia să sosească şi el din clipă în clipă.

— Dacă n-ai făcut şi macaroane cu brânză, nu te mai iubesc.

A fost primul lucru pe care l-a spus când a intrat pe uşă. Şi-a scos în grabă încălţămintea grea şi a mers direct în bucătărie.

— Du-te şi schimbă-te înainte, l-a atenţionat Oana.

— Mă duc. Da' ai făcut macaroane?

— N-am făcut.

Pentru o secundă, Nicu a crezut-o. Apoi s-a repezit la cuptor, a deschis uşa şi s-a liniştit. A pupat-o pe Oana pe creştet şi s-a dus să se schimbe.

Nu voia tort de ziua lui. Când era el mic, nu se făceau torturi la zilele de naştere, dar nu îi lipsiseră niciodată macaroanele cu brânză. Parcă nici n-ar fi simţit că e ziua lui, fără macaroane.

Au mâncat în linişte după ce şi-au făcut rugăciunea, fiecare cu gândurile sale, apoi i-au oferit cadourile lui Nicu. S-a bucurat la fel, şi pentru şosete, şi pentru geacă. *Nu trebuia* le-a spus el, nu de complezenţă, ci din modestie. I-a îmbrăţişat, a probat cadourile şi a mulţumit pentru lucrurile *nemeritate* pe care le primise.

Radu şi familia lui nu aveau mulţi bani, dar se aveau unul pe celălalt. Iubirea nu ţinea de foame, e adevărat, şi nu ţinea nici de cald, nici de multe alte lucruri, însă îi ţinea uniţi.

Uniţi, puteau trece peste toate.

Chiar şi peste sărăcie.

***

Era ultima zi de şcoală dinaintea vacanţei de Crăciun. Radu îşi luase inima în dinţi şi voia să o întrebe pe Maria dacă doreşte să iasă cu el la o cafea. Încă se temea de un refuz, dar îşi făcuse atât de multe scenarii în minte, încât nu l-ar mai fi surprins niciunul.

După ce s-a sunat de ieşire la ultima oră, s-a grăbit să-şi strângă lucrurile în aşa fel, încât să termine înaintea Mariei.

A mers grăbit până la banca ei. Odată ajuns acolo, întrebarea pe care i-o adresase de atâtea ori înainte în minte nu mai voia să se articuleze.

— Ai nevoie de ceva?

Maria îl privea de jos cu ochi întrebători. Buzele ei date cu prea mult luciu cremos îi zâmbeau.

— Mă gândeam că...

La ce se gândea? Se gândea că ea, cea mai frumoasă fată din tot liceul, copil de doctori, ar vrea să iasă cu el, un băiat oarecare, copil de oameni simpli, la o cafea. Acum îi suna absurd.

Matei a trecut pe lângă el în drum spre ieşire. I-a dat un ghiont în spate, amintindu-i că, totuşi, nu are nimic de pierdut.

— Vrei să mergem la o cafea?

— Acum?

— Acum. Adică, oricând vrei tu, dacă nu poţi acum.

Vorbele grăbite ale lui Radu au făcut-o pe Maria să râdă. Băiatul n-a ştiu dacă râde de el sau de întrebarea pe care i-o adresase.

Când Maria i-a răspuns *Sigur*, inima lui cât un purice s-a mărit la loc, umplându-se cu fericire.

— Acum?

De data aceasta, Radu era cel care întreba.

— Acum.

Şi-au luat ghiozdanele în spate şi au plecat spre o cafenea, la care Radu ştia că preţurile nu sunt prea mari.

Îi ceruse tatălui său bani, pentru prima dată. Îi spusese că vrea să iasă în oraş cu o fată, iar Nicu i-a dat bani fără să stea pe gânduri. Băiatul crescuse, cheltuielile crescuseră şi ele. Dar aşa era mersul firesc al lucrurilor şi nu i se puteau împotrivi.

Radu a întrebat-o pe Maria dacă vrea să-i care el ghiozdanul, dar fata a refuzat spunându-i că nu e greu.

În drum spre cafenea, nu au vorbit atât de mult cât îşi dorise Radu, iar conversaţia lor se concentrase pe lucruri banale, în special pe bârfe şi păreri legate de şcoală.

Nici la cafenea n-a ajuns măcar pe aproape de subiectul la care voia el să ajungă, dar îi plăcea compania Mariei. Nu conta că discutau despre nimicuri, important era că Maria nu-l refuzase şi că se afla acolo cu el, când ar fi putut foarte uşor să se afle în cu totul alt loc, cu altcineva.

— Radu, tu unde vrei să dai mai departe?

— Nu m-am gândit.

— Cum nu te-ai gândit? Eu ştiu de când eram mică.

Radu nu se gândise pentru că îi era teamă. Nu ştia dacă familia lui s-ar fi descurcat să-l ţină la facultate, le era şi aşa greu.

El ar fi vrut să meargă mai departe cu şcoala. Visase, ca toată lumea, să fie inginer sau doctor, poate avocat. Dar visele erau una, şi realitatea, alta.

— Nu mă întrebi ce vreau să mă fac?

— Ce vrei să te faci?

— Doctor.

Radu a zâmbit. Cum de nu se gândise? Altă variantă nici n-ar fi putut să existe.

Maria a zâmbit şi ea. Ştia că răspunsul său nu surprinde pe nimeni.

— Chiar nu te-ai gândit deloc ce ai vrea să faci?

— Nu cred. Dar mai e timp.

— Eu te-aş vedea inginer.

— De ce?

— Pentru că eşti bun la matematică. Ar fi şi păcat să te faci altceva. De mine nu se prinde nimic. M-au băgat ai mei la meditaţii, şi degeaba. Nu e de mine.

— Pot să te ajut eu. Îl ajut şi pe Matei. Zicea că mă pricep.

— Ar fi drăguţ din partea ta.

Maria îşi ţinea cana de cafea între palme şi vorbea zgomotos. Radu ar fi vrut să vorbească în şoaptă, să fie nevoit să se apropie mai mult pentru a o putea auzi. Ar fi vrut să îşi ţină mâinile mai aproape de ale lui, ca să le poată cuprinde. Ar fi vrut să nu existe atâtea diferenţe între ei, dar existau.

Atunci când tăcerea s-a instalat confortabil între ei, Maria s-a ridicat.

— Ar trebui să plec. Se face târziu. O să se îngrijoreze mama.

— Te duc eu... Dacă vrei.

Prima propoziție a ieşit singură pe gura lui Radu. I-a roşit obrajii. L-a surprins până şi pe el. A doua a fost mai timidă. I-a plecat privirea.

— Nu stau departe. Dar, dacă tu vrei...

Radu se consolase cu gândul că va trebui să mai aştepte câteva săptămâni, până s-o vadă pe Maria din nou şi să aibă ocazia să îi mărturisească sentimentele.

Însă Maria i-a servit oportunitatea pe tavă chiar înainte de a ajunge acasă.

— Nu-mi vine să cred că toți băieții umblă cu limba scoasă după Angela. Nu ştiu ce văd la ea. Serios.

Radu ştia. Vedea şi el acele lucruri, ar fi fost imposibil să nu le vadă. Dar inima şi gândurile lui erau în întregime ocupate de Maria. N-ar fi fost loc suficient şi pentru Angela.

— Câteodată, aş vrea să mă placă şi pe mine băieții, aşa cum o plac pe Angela.

— Nu cred că ai vrea.

Pe Maria a bucurat-o răspunsul lui. De fapt, nici ea nu îşi dorea asta cu adevărat. Puțină atenție era mereu bine-venită.

— Oricum, măcar unu să mă placă.

În Radu se ducea o adevărată luptă, o luptă între speranța pe care o sădise Matei în el şi pesimismul pe care şi-l semănase singur.

Speranța găseşte întotdeauna o cale să învingă.

— Eu te plac.

Imediat ce i-au ieşit pe gură cele trei cuvinte, le-a regretat. S-a roşit până în vârful urechilor.

— Mă placi?

Picioarele grele ca plumbul deveniseră imposibil de urnit. S-a oprit şi a privit-o în ochi.

– Da, Maria. Te plac încă din clasa a noua.

Maria a zâmbit, doar că zâmbetul era oarecum trist. Radu nu ştia exact ce exprimă zâmbetul acela. Să fi fost... milă?

S-a întristat. Fusese sigur că aşa se va întâmpla. Ştiuse el că Matei se înşală.

– Hei... Nu te supăra. Şi mie îmi place de tine.

Pentru o secundă, lumea întreagă se oprise, iar totul în jur era doar bucurie.

– Doar că... Nu în felul ăla.

În următoarea secundă, lumea întreagă s-a prăbuşit.

– Nu e vina ta.

Cum ar fi putut fi?

– E doar că... Îl plac deja pe Cristi.

Cristi şi Maria împărţeau aceeaşi lumea, aceleaşi posibilităţi, aceleaşi mari libertăţi pe care le primiseră, datorită unui hazard norocos, la naştere.

Cristi nu era cu nimic mai presus decât Radu, în afară de banii pe care familia lui îi avea. Învăţa mai prost. Arăta mai rău. Educaţia lui lăsa de dorit. Şi, cu toate astea, Maria îl alesese pe el. Îl alesese pe el, în defavoarea lui Radu.

Viaţa era atât de nedreaptă.

– De ce?

– Cum adică, *de ce*?

– De ce el?

– Nu ştiu de ce... Pur şi simplu. Aşa s-a întâmplat.

Radu ştia foarte bine de ce. Furia clocotea în fiecare celulă a sa. Ar fi trebuit să plece atunci şi să o uite definitiv pe Maria, numai că renunţase la prea multe în viaţă, fusese lipsit de prea multe. Nu mai voia să renunţe la nimic. Nu voia sub nicio formă să renunţe la Maria.

Şi-au spus rămas-bun fără prea multă tragere de inimă.

Radu fusese rănit atât de adânc, încât părea că nu va reuşi să se vindece vreodată.

Simţea că sărăcia îl va urmări toată viaţa, indiferent cât de bun ar fi ajuns, ea s-ar fi ţinut după el ca o umbră.

Maria ştia că l-a rănit, dar altceva nu putea să îi ofere. Spera doar să nu sufere prea mult.

***

Nicu îl aştepta nerăbdător pe Radu acasă. Voia să aibă o discuţie ca între bărbaţi. Spera să meargă totul bine, deşi avea un presentiment rău. Dacă ar fi fost după el, i-ar fi oferit ce era mai bun, dar nu putea. Făcea ce-i stătea în puteri. Lăsase restul în grija Domnului.

Până a ajuns acasă, furia lui Radu a fost înlocuită de tristeţe. Aproape plânsese. S-a abţinut cu greu, trebuia să fie bărbat, să se comporte ca atare.

A intrat în casă fără să spună o vorbă.

Nicu şi-a dat seama că presimţirile lui se adeveriseră. L-a lăsat pe băiat să intre în camera sa, fără să-l mai întrebe ceva.

În acea noapte, Radu n-a putut să doarmă vreo clipă. S-a tot gândit ce şi cum să facă.

Când s-au ivit zorii, ajunsese la o singură concluzie.

Dacă voia să o câştige pe Maria, dacă voia ca ea să-l aleagă pe el, trebuia să scape de sărăcie.

***

— Ia zi, Radule, cum a fost?

A doua zi l-a vizitat Matei. Nu avea chef de el, oricât de bun prieten i-ar fi fost. Voia doar să fie singur cu gândurile sale.

— Bine n-a fost.

Matei s-a aşezat pe scaunul de la birou. Radu stătea cu picioarele atârnate, la marginea patului.

— De ce?

— Ei nu îi place de mine.

— De ce?

— Că-i place de Cristi.

— De ce?

Radu a aruncat cu o pernă spre prietenul său dorindu-şi să oprească valul de *de ce*-uri care începuse.

— Nu ştiu de ce-l place. Poate pentru că are bani. Şi o casă mişto în centru. Şi poate s-o ducă oriunde, fără să îi fie teamă că nu are bani destui la el.

Matei a cântărit o vreme cuvintele reci ale lui Radu.

Radu privea tavanul, la fel cum făcuse o noapte întreagă.

— Las-o... Mai sunt fete. Mai bune decât Maria.

Însă Radu nu voia o altă fată, mai bună sau mai rea. El o voia pe Maria. El o iubea pe Maria.

Şi ar fi făcut orice ca ea să-l vrea şi să-l iubească, la rândul ei.

În acele momente, i se părea că originea tuturor problemelor sale era situația materială a familiei sale. Fusese exclus şi arătat cu degetul. Îndurase lipsuri şi neajunsuri. Nu-l răniseră cu adevărat, dar îi scrijeleau sufletul, puțin câte puțin.

Respingerea Mariei fusese picătura care a umplut paharul. Îl făcuse să-şi dea seama că, indiferent cât de mult s-ar fi străduit să fie mai bun decât ceilalți, decât cei care aveau mai mult decât el, n-ar fi fost suficient. Şi nu doar pentru Maria, ci pentru întreaga lume.

— Hai, Radule, că o să fie bine.

Cuvintele nu îi mai aduceau nicio alinare. Erau doar vorbe goale, fără sens.

N-avea să fie bine, aşa cum nu fusese nici până atunci. Avea să fie din ce în ce mai rău, din ce în ce mai greu, dacă nu făcea ceva.

Dar ce?

Ce ar fi putut el să facă, dacă era, de fapt, doar un copil?

— Şi tu de unde ştii?

— Aşa. Ştiu.

Matei s-a ridicat de pe scaun şi a plecat. Optimismul îi ținuse de urât în multe momente grele şi îl scosese la liman din griji despre care nici Radu nu ştia.

Matei vedea şi partea urâtă a lucrurilor, a oamenilor, a vieții, dar prefera să o ignore.

Trăise cândva cu un bagaj întreg de monştri şi de frici, îl cărase cu el. Optimismul era uşor de dus. Chiar dacă nu oferea soluții, năştea speranțe.

Iar de speranță aveau cu toții nevoie.

***

— Radule, aruncă-mi şi mie tubulara de treijdoi!

Radu a luat la rând mai multe chei. Nu putea încă să aprecieze din ochi calibrul tuturor cheilor. Totuşi, învăța repede.

I-a aruncat lui Costi cheia cerută şi le-a aşezat pe celelalte la locul lor. Îi plăcea să fie ordine, chiar dacă garajul în care lucrau era, în majoritatea timpului, un dezastru.

— Ia o cârpă şi şterge uleiul ăsta d-aici, că nu-mi dau seama dacă mai pică.

Venise primăvara. Radu nu renunțase la ideea lui de a scăpa de sărăcie. Găsise şi o soluție.

S-a angajat la Costi ca ajutor de mecanic. Lucra după şcoală câte patru-cinci ore. Salariul nu însemna cine ştie ce, însă era mai bine decât deloc.

Tot la Costi lucra şi Relu, cu normă întreagă. Era un fel de mână dreaptă mai stângace a lui Costi. Încerca să se dea mare mecanic de față cu Radu, deşi băiatul îi observase nepriceperea încă din prima zi.

Pe Maria o dăduse uitării pentru moment. Definitiv n-ar fi putut, dar măcar până făcea nişte economii, să aibă ceva cu care să-i demonstreze că poate să se descurce singur, în timp ce Cristi stătea cu mâna întinsă la portofelul părinților.

Oana şi Nicu n-au primit prea bine vestea că Radu se angajează. Un ajutor financiar în plus era binevenit, dar pe primul loc era şcoala. Cum avea să se descurce Radu şi cu munca, şi cu şcoala?

Dar Radu se descurcase. Grijile părinților se diminuaseră şi, în numai câteva săptămâni, faptul că Radu muncea, deşi avea doar 16 ani, devenise un lucru normal.

***

— Ce zici, mă, vrei să faci nişte bani?

Radu şi Relu îşi mâncau prânzul la o masă de lângă garaj. Era frumos afară. Două rândunele cântau fericite în cuibul pe care abia îl terminaseră. O adiere uşoară le-a mângâiat mâinile pe jumătate murdare.

Relu nu îi era prieten, nu aşa cum îi era Matei, nici n-ar fi avut cum. Cei doi erau doar colegi. În pauzele de masă şi în momentele în care Costi îi lăsa să lucreze singuri la câte o maşină, îşi povesteau viețile.

— Zi, mă, ai nevoie de nişte bani?

Îl simpatiza pe băiat. Îi mergea mintea şi învăța repede. Aflase că n-a dus-o prea bine la viața lui şi că s-a angajat ca să-i demonstreze uneia că poate să facă bani.

Relu privea înainte. În dreapta lui, Radu mesteca liniştit.

— De unde?

— Am o combinaţie.

— Ce combinaţie?

— Ai nevoie de bani sau nu?

— Cine n-are?

— Ai şi tu dreptate. Da' e cu riscuri, să ştii.

Radu îşi dăduse seama că Relu se mai ocupă şi cu altceva în timpul liber. Nu ştia cu ce. Făcuse puşcărie imediat după ce împlinise 18 ani şi părea că n-ar fi lăsat definitiv acea viaţă în spate.

Obiceiurile vechi mor greu.

— Nu mă bag.

— De ce?

— Nu vreau s-o iau pe drumul ăsta. Şi nu vreau să te-ncurc.

— Cum zici tu. Te-am întrebat. Dacă te răzgândeşti...

Relu lăsase alternativa să plutească în aer cât ei au continuat să îşi mănânce în linişte sandviciurile cu salam.

Radu nici nu se gândea să accepte. Nu voia să îşi asume „riscurile" pe care le implicau „combinaţiile" lui Relu.

Bărbatul acela de aproape 30 de ani, plin de tatuaje strâmbe cu femei şi sfinţi nu îi inspira deloc încredere. Da, voia să facă bani mai mulţi, dar nu aşa.

Nu putea să îşi dezamăgească părinţii.

Ziua următoare, însă, i-a mers mai prost chiar şi decât în acea zi în care Maria l-a refuzat.

O privea pe furiş la ora de istorie.

A fost trezit din visarea frumoasă de o palmă peste ceafă. Când s-a întors, l-a văzut pe Cristi.

– N-ai tu faţă de Maria.

Radu a încercat să îşi păstreze calmul. Învăţase cu mult timp în urmă să nu răspundă la provocări, aşa era cel mai bine.

– Ai auzit?

A doua palmă l-a prins la fel de nepregătit. Loviturile nu fuseseră puternice, dar nici blânde.

– Cu tine vorbesc, sărăcio!

A treia lovitură a fost mai puternică.

A treia lovitură avea să fie ultima.

Se sunase de ieşire. Profesorul părăsise clasa. Toţi colegii se adunaseră în jurul lor, mai puţin Maria care păstra distanţa în mod intenţionat.

– Ca să ştii doar, Maria e gagica mea acum, şi tu n-ai voie să te uiţi la ea.

– Unde scrie?

– Uite aici.

Cristi şi-a îndreptat arătătorul spre peretele alb din spatele lui, ca şi cum ar fi indicat un text evident.

– *Radu e o sărăcie de om şi n-are el faţă să se uite la Maria, că altfel Cristi îl snopeşte în bătaie.*

– Eu nu văd nimic.

Radu nu răspundea la provocări, de obicei. Însă nu era prost. Nu era nici laş. Iar Cristi nu îl intimida, nici cât negru sub unghie.

– Pune-ţi ochelari.

Cristi își încleștase mâna pe umărul lui Radu. Acesta s-a smucit din strânsoarea lui și era gata să riposteze.

— Terminați-o! Aveți cinci ani?

Mariei nu îi plăcea să îi vadă pe cei doi așa. Îl plăcea pe Cristi, dar încă se simțea vinovată că îi frânsese inima lui Radu. Nu își mai vorbiseră de atunci, iar el o evitase cum putuse mai bine.

— Întreabă-l pe gagică-tu. El a început.

Maria i-a aruncat câteva priviri ascuțite lui Cristi.

— Lasă-l. N-a făcut nimic.

— Tu cu cine ții?

— Cu niciunul.

Tensiunea din corpul lui Radu se diminuase. Maria se menținea pe poziția de mediator.

— Bine, păpușă, îl las. Poate se duce să plângă la mă-sa aia curvă în poală.

— Ce-ai zis, mă?

Radu nu avea multe de care să îi pese în viața lui plină de lipsuri. Familia era singurul lucru de preț pe care știa să-l aibă cu adevărat și nu permisese nimănui să își bată joc de ea.

Habar nu aveau restul cum se descurcau ei trei de la o zi la alta.

Habar nu aveau cum e să întreții o familie cu un salariu de nimic și multă muncă.

Habar nu aveau cum e să îți vezi mama bolnavă în fiecare zi, și să știi că nu poți face nimic pentru ea.

Habar nu aveau ei cât de greu era să fii un Radu într-o lume plină de Cristi.

Habar nu aveau.

Dar râdeau şi se bucurau de spectacol cu toții.

A dat-o pe Maria la o parte şi s-a repezit la gâtul lui Cristi.

— Ce-ai zis?

— Să te duci în pizda mă-tii am...

Cristi n-a apucat să îşi termine propoziția. Pumnul lui Radu i-a închis gura pe loc.

Amândoi au fost surprinşi. Radu nu mai lovise vreodată pe cineva.

Cristi nu mai fusese lovit. Cine să îndrăznească să-l lovească pe el, cu toți banii şi influența pe care le avea tatăl său?

Dar în sufletul lui Radu se acumulase multă ură la adresa celuilalt, iar ura aceea crescuse pe zi ce trece, până n-a mai avut unde să se ducă, decât să iasă afară.

Când s-a dezmeticit, a vrut să riposteze. Nimeni n-a îndrăznit să se bage între ei.

Maria a țipat şi a început să plângă.

Lovitura lui Cristi n-a ajuns la destinație. A lui Radu, da. Următoarea, la fel.

Pierduse şirul pumnilor pe care îi încasase celălalt. S-a oprit abia când l-au prins de brațe doi colegi. Avea mâna dreaptă plină de sânge.

Îl desfigurase, abia acum vedea asta. I se ridicase vălul de furie de pe ochi. Abia acum se gândea la consecințe, la ce vor zice ai lui.

Dacă l-ar fi văzut Matei... Plecase la parastas la o străbunică pe care o văzuse de trei ori în 16 ani. Dar le lăsase nişte pământ, lui şi părinților, măcar să meargă la înmormântare puteau şi ei.

Avea să-şi asume, aşa cum îşi asumase orice acţiune şi fiecare cuvânt, de când se ştia.

Restul colegilor priveau înmărmuriţi. Nu îndrăznise niciunul să facă ceva. Primul pumn îi răcorise şi pe ei, mai erau şi alţii care nu-l aveau pe Cristi la inimă. Al doilea îi amuzase. Abia al treilea îi făcuse să le pară rău de Cristi.

Totuşi, priviseră. Priviseră întreaga scenă fără să facă nimic, ca la circ. Atât timp cât era altul căsăpit, de ce să le pese?

Se mai bătuseră şi alţii în liceu înainte, atitudinea fusese aceeaşi de fiecare dată. Nu se lega nimeni la cap pentru nişte puşti care se credeau cocoşi. Muşamalizau totul, le scădeau nota la purtare şi îi ameninţau cu exmatricularea la eventuale alte abateri.

Aşa a scăpat şi Radu, cu 8 la purtare şi o ameninţare.

Cristi a scăpat mai ieftin, cu o buză spartă şi câteva vânătăi. Urma să i-o plătească el, era convins. Aştepta doar momentul potrivit.

În după-amiaza acelei zile, Radu a stat mai mult la garaj. Îi era teamă să se ducă acasă şi să dea ochii cu ai lui.

— Ce-ai, mă, azi? îl întrebase Relu.

— Nimic.

— Te cam supără nimicul ăsta.

— L-am bătut pe unu' azi, la şcoală.

— Ţi-a zis ceva?

— M-a făcut sărăcie.

— Atât?

— Şi-a făcut-o curvă pe mama.

— Toate femeile sânt curve. Aşa a zis Napoleon.

— Mama nu e.

— Cică nici mă-sa nu era.

A uitat să menționeze că îi luase singura fată pe care o iubea, deşi el ar fi putut avea oricare altă fată.

— Măcar i-ai dat bine?

— Cred că da.

— Să te țină minte?

Radu a zâmbit pentru prima oară în acea zi. Da, Cristi urma să-l țină minte, cu siguranță.

— Nu uiți niciodată primul pumn luat. Nici pe primul dat.

— Tu le mai ții minte?

— Primul pumn l-am luat de la tata. Mână de tractorist. M-a lăsat lungit pe jos. Aveam 12 ani. Furasem bani de la o colegă şi mă prinseseră.

— Ți-ai meritat-o.

Relu a zâmbit în colțul gurii.

— Nu m-a bătut că am furat. M-a bătut că m-au prins.

Radu nu înțelegea. Dacă se gândea bine, nici nu voia să înțeleagă.

— Şi primul pumn dat?

— Lu' tata. Se îmbătase. Iar. Şi se certa cu mama. A prins-o de păr şi a dat-o cu capu' de tocul uşii. N-a apucat să o lovească a doua oară. Crescusem într-un an cât alții în zece, cum e în basme. Eram cu un cap mai mare decât el. N-a mai bătut-o de atunci înainte.

Radu rămăsese fără cuvinte.

I-a mulțumit lui Dumnezeu că s-a născut într-o familie bună, şi a continuat să muncească până târziu.

***

O zi începută prost nu avea cum să se termine bine.

Nicu făcea ore suplimentare, ca de obicei.

Când Radu a intrat în casă, toate becurile erau stinse.

Oana zăcea întinsă pe jos, Dumnezeu ştie de când.

Pe Radu l-a lovit direct în piept imaginea sumbră. Doi oameni avea pe lumea asta. Nu voia să piardă pe vreunul dintre ei.

I s-a părut că a trecut o eternitate până a ajuns ambulanța. O ținea pe Oana de mână şi se ruga să fie totul bine. Ce n-ar fi dat să-l aibă acum pe Matei alături, să-i spună şi el că va fi bine.

Nu l-au lăsat să meargă la spital cu ambulanța. A alergat tot drumul până acolo, patru kilometri. Când a ajuns, îl ardeau plămânii şi picioarele. Dar mai tare îl ardea sufletul de grija Oanei.

A aşteptat pe hol ore întregi, fără să-l bage cineva în seamă.

I s-a făcut unei infirmiere milă de el, în cele din urmă.

– Copile, tu pe cine aştepți? l-a întrebat ea pe un ton părintesc.

– Pe mama.

L-a mângâiat pe creştet fără să mai spună nimic.

Lui Nicu îi lăsase vorbă printr-un vecin că ei sunt la spital. La zece noaptea a ajuns şi el.

– E bine?

– Nu ştiu.

Plânsese ore întregi, fără să ştie nimic despre ea. Privea în gol şi simţea cum i se scurg lacrimile şiroaie pe obraji.

Nicu s-a aşezat lângă el, la fel de trist, măcinat de aceleaşi gânduri. Era sleit de puteri. Asta le mai lipsea lor.

Trebuiau să fie puternici amândoi, unul pentru celălalt, pentru Oana. Dar de unde atâta putere?

Mai aşteptaseră de câteva ori pe acelaşi hol îngust. De fiecare dată era mai rău. De fiecare dată recuperarea dura mai mult şi era mai scumpă.

Au aşteptat toată noaptea să primească o veste. Abia a doua zi dimineaţa li s-a spus că Oana era stabilă, dar că ficatul ei nu o mai ducea mult. Cea mai bună soluţie era un transplant. Nu şi cea mai ieftină. Însă orice altceva n-ar fi putut să o vindece, ci doar să-i mai încetinească puţin boala, să-i dea câteva săptămâni în plus, câteva luni.

Nu i-au lăsat să o vadă în ziua aceea.

Nicu a plecat la muncă aşa, nedormit, nemâncat, obosit. Avea nevoie de bani.

Radu nu s-a dus la şcoală. A plecat şi el la muncă. Voia să vorbească ceva cu Relu.

Cu Relu a reuşit să vorbească între patru ochi abia după-amiaza, în pauza de masă. Costi nu le dăduse nicio secundă liberă şi stătuse pe capul lor de la primă oră.

Se gândise bine la posibilități, şi altele nu avea. Se gândise bine şi la riscuri. În cel mai bun caz, scăpau basma curată, orice ar fi făcut. În cel mai rău caz, făceau puşcărie. Putea să-şi asume asta. Nu ştia legislație, dar auzise că pe minori îi trimiteau la şcoala de corecție ceea ce, în viziunea sa, era o alternativă mai blândă.

***

— Mai e valabilă oferta?

Relu abia muşcase dintr-o pulpă mare de pui. Radu nu avea pachet la el în acea zi. Cine să îi facă?

— Te-ai mai gândit?

— Într-un fel.

— Şi riscurile?

— Mi le asum.

— Sigur?

— Sigur.

Relu a mai muşcat din pulpă. Privea cuibul de rândunici. Nu-i plăceau, erau prea gălăgioase. El prefera liniştea.

— Radule, tu eşti băiat deştept, că te-am citit. Da' eşti de încredere?

— Sunt.

În situația actuală, nu îşi permitea să fie altfel.

— Radule, noi n-o să mergem să muncim. Tu-nțelegi?

— Aha.

— O să mergem să furăm, să spargem case. Şi-o să ne sufle gaborii în ceafă în fiecare noapte. O să tresărim la fiecare sirenă. Tu-nţelegi?

— Am nevoie de bani, Relule.

— De câţi?

— De mulţi. Maică-mea e în spital, nici nu m-au lăsat s-o văd. Am găsit-o ieri căzută în mijlocul casei. Era galbenă ca ceara şi nu se trezea.

— Ce-are?

— Ciroză. Îi trebuie transplant. Cică e scump. Nu ştiu. Da' îmi trebuie bani.

Relu a ridicat din sprâncene. Se gândea la ce se gândeau toţi atunci când auzeau de ciroză.

— Nu e vreo beţivă. A luat o hepatită când m-a născut pe mine, şi a dat în ciroză. Din cauza mea are asta.

— Pe dracu'. Să-ţi scoţi tâmpenia asta din cap.

— Îi sunt dator.

— I-oi fi.

Relu a aruncat osul pe jos, să-l mănânce câinii. Şi-a şters mâinile unsuroase pe pantalonii murdari.

— Deci?

— Deci, ce?

— Pot să mă bag?

— Poţi.

S-a apropiat de Radu până aproape şi-au lipit frunţile.

— Da' fii atent, că acolo eu sunt ăla deştept. De mine asculţi. Şi dacă îţi spun să te arunci de la etajul zece, tu te-arunci de la etajul zece. În cap. Ai înţeles?

Radu înțelesese. Nu i s-a clintit niciun muşchi. Se ținea tare. Era un test, ştia foarte bine asta.

Relu s-a tras un pas în spate, apoi a plecat spre garaj.

Radu a mai rămas câteva minute singur să se gândească la drumul pe care se hotărâse să meargă. Să asculte rândunicile. Lui îi plăceau, erau fericite. Erau o familie.

Începuse să-l doară stomacul. Simțise multe de-a lungul scurtei sale vieți, nu şi foamea. O duseseră greu de multe ori, însă nu chiar atât de greu.

A strâns din dinți şi a plecat la muncă. I se terminase pauza.

Seara, l-a aşteptat pe Nicu în bucătărie, cu masa pusă. Prăjise nişte cartofi şi câteva ouă.

Au mâncat fără să-şi spună ceva. Aveau aceleaşi gânduri, aceleaşi frici, aceleaşi griji.

Matei nu se întorsese. Cine să le spună că va fi bine?

— Crezi că mâine ne lasă s-o vedem?

— Mâine nu pot. Fac două schimburi, am vorbit la *personal*. Du-te tu, după şcoală.

Radu a încuviințat tăcut. Ştia foarte bine că nu avea să meargă la şcoală a doua zi. Vorbise şi el la *personal,* cu Costi, să-l treacă la opt ore. Procedura în sine fusese extrem de simplă. Radu lucra la negru, aşa că, după ce şi-a dat Costi acordul, totul fusese rezolvat.

— O să mă duc...

— Azi ce-ați făcut?

— La muncă?

— La şcoală.

— Ce facem în fiecare zi.

— Aha.

Oboseala acumulată i se citea lui Nicu pe chip. Nimic din veselia sa obişnuită nu se mai zărea printre cutele adânci care îi brăzdau fruntea şi cearcănele care îi atârnau vineți sub ochi.

S-a ridicat cu greu de pe scaun. Îl durea spatele. Îl dureau picioarele umflate.

— Strâng eu.

— Lasă-le aşa. Culcă-te şi tu.

Radu a rămas oricum să strângă masa. Ura mizeria. Ura dezordinea. Ura să lase lucrurile în alte locuri decât ale lor.

Nicu s-a dus în dormitorul lui şi al Oanei. Parcă era o altă cameră din altă casă, fără ea. Deja îi ducea dorul. A adormit imediat, s-a lăsat răpus de oboseală, oricât de mult s-ar fi luptat cu somnul ca să se mai gândească puțin la soluții în timp ce se îneca într-o mare de probleme.

Radu n-a adormit la fel de uşor. A privit minute în şir tavanul mult prea cunoscut. Regreta deja că acceptase propunerea lui Relu. Fusese învățat de mic să facă lucrurile în mod corect, să respecte regulile, să fie un model.

Urma să devină un hoț.

Dar ce era mai rău? Să devină un hoț, sau să îşi privească mama cum se stinge în fiecare zi în care el e un om bun?

Răspunsul era simplu în mintea lui Radu.

Nu putea să se răzgândească. Putea doar să

spere că va avea parte de cele mai blânde consecințe şi că va merita să schimbe macazul spre o viață pe care n-ar fi crezut niciodată că o va alege de bunăvoie.

***

Două zile întregi, Relu nu i-a mai zis nimic despre combinația la care se înhămase. Radu începuse să îşi facă griji că nu făcuse niciodată cu adevărat parte din plan.

A treia zi, Relu l-a prins de umăr şi i-a făcut semn să-l aştepte afară.

Zece minute s-a legănat Radu de pe un picior pe celălalt, aşteptându-l. Se gândea la Oana. Îl lăsaseră s-o vadă. Nicu încă nu avusese timp să meargă. Era slăbită şi abia vorbea. Îi curgeau lacrimile necontrolat pe obrajii palizi, apoi pe pernă, de când l-a văzut.

– Am crezut că nu vii, i-a spus ea.

În sufletul său de copil, ceva a tresărit. Cum să nu vină?

– Nicu ce face?

– E la muncă. Face câte două schimburi odată.

– Munceşte... O să-l omoare atâta muncă.

Doar că, dacă nu muncea, asta ar fi omorât-o pe ea.

– La şcoală cum e?

– E bine.

Poate pe Nicu putea să-l ducă uşor cu vorba. Nu şi pe Oana. Ea îl cunoştea mai bine decât oricine. Ştia când minte, şi când spune adevărul.

— Dacă tu spui.

Radu şi-a seama că fusese prins cu minciuna, dar s-a bucurat că ea nu a insistat. I-ar fi fost greu să se justifice. Oana prefera să moară, decât să ştie că el îşi sacrifică viitorul pentru ea.

— Radule, mamă, ce-ai pe suflet?

O mamă în spital, gata să se prăpădească. Un tată care muncea zi de zi până la epuizare. O „combinație" care putea să-i strice viitorul şi să-l transforme în infractor, dar la care nu putea să renunțe, pentru că era singura soluție pe care o găsise. Lucruri prea mari pentru un om care până mai ieri fusese încă un copil.

— N-am nimic.

I-a sărutat fruntea, a lăsat iaurtul şi bananele pe care le cumpărase pe noptiera de lângă pat şi a plecat grăbit.

Rememora din nou şi din nou întâlnirea cu Oana, când Relu a ieşit, în sfârşit, din garaj.

S-a apropiat de el cu hotărâre. Radu avea impresia că îl cunoaşte prea puțin pentru câtă încredere îi acordă.

— La noapte e combinația. Să îți iei un ghiozdan mare. Şi să nu te-mbraci în roz.

Radu a aprobat cu hotărâre.

— Ne vedem aici. La unşpe. Ai înțeles?

Întrebările continuau să se îmbulzească în mintea lui Radu. Nu îi fusese cu adevărat teamă de nimic atunci când perspectiva infracțiunii era îndepărtată. Însă acum, când mai erau doar câteva ore până atunci, i se făcuse groază.

I-ar fi plăcut să îi spună mai devreme, să aibă timp să se pregătească. Dar îşi dădea seama că Relu nu avea atâta încredere în el, încât să îi dea detalii cu mai mult timp înainte. Avea să-i spună doar strictul necesar, o vreme.

Fără să vrea, Radu se gândea deja la următoarele *combinații*, la următorii bani. Câți? Nu putea spune. Spera că destui.

***

Timpul s-a scurs leneş până la ora *unşpe*.

Radu n-a ştiut cu ce să se îmbrace. S-a îmbrăcat cu un trening negru şi a cumpărat un ghiozdan mare, la mâna a doua. În filme, toți hoții se îmbrăcau în negru.

– Ți-ai uitat pelerina şi masca, bă, Zorro.

– Şi tu.

Relu tot în negru se îmbrăcase. Parcă mergeau amândoi la înmormântare.

Radu se tot gândea la ce îi spusese Matei.

Prietenul lui se întorsese şi aflase despre Oana. A vrut să-l consoleze, dar Radu se grăbea. S-au întâlnit pe treptele din fața blocului. Matei fuma grăbit o țigară.

– Vrei şi tu?

– Nu. De când te-ai apucat?

– De când nu mai vii tu la şcoală.

– Ai chef să-mi ții morală?

– Tu ai început. Unde te duci?

– În oraş.

— La ora asta?

— Ce are?

Matei l-a măsurat din cap până în picioare. Ceva nu îi mirosea a bine.

— Ai grijă, Radule. Crezi că lu' maică-ta i-ar plăcea să faci prostii?

— Nu fac prostii.

— Aşa să fie.

Era, probabil, prima oară când îl mințea pe Matei, în atâția ani de prietenie.

-Baftă! Orice ai face.

Radu a plecat cu inima căită că îl mințise pe Matei şi că nu putea să îi împărtăşească puțin din grijile care nu-i dădeau pace.

Începea, oare, prietenia lor să se dezlege?

Baftă! Orice ai face.

Avea, într-adevăr, multă nevoie de baftă, orice ar fi trebuit să facă.

— Unde mergem?

— Pe Lipscani.

— Ce e acolo?

— O casă. Ce crezi?

— O spargem?

— Nu spargem nimic, Radule, că suntem băieți deştepți. Facem *curățenie*. Ai înțeles?

— Şi cum intrăm?

— Pe uşă.

— O spargem?

— Bă, tu ai vreo fantezie cu spartu' ăsta? N-auzi că nu spargem nimic? Intrăm cu cheia.

Radu ar mai fi avut câteva întrebări de pus, dar simțea că l-ar fi iritat prea mult pe Relu, aşa că le-a lăsat pentru mai târziu.

Au mers tăcuți până la strada cu pricina. Nu era chiar departe, un kilometru şi jumătate pe scurtătură, printre blocuri.

Casa în care aveau ei de făcut curățenie era de fapt o clădire cu trei etaje din perioada interbelică, compartimentată în mai multe apartamente. Nu era nimeni pe stradă.

Un bec al iluminatului public scălda în lumină clădirea. Relu a luat o piatră de jos şi l-a țintit. N-a nimerit din prima, deşi fusese pe aproape. A doua lovitură şi-a atins, însă, ținta. Becul s-a făcut țăndări fără prea mult zgomot, iar *casa* s-a cufundat în întuneric.

Au intrat cu o cheie, aşa cum spusese Relu.

Au urcat în linişte treptele până la primul etaj, iar Relu a scos o altă cheie cu care a descuiat uşa unui apartament.

Era beznă. Nu se întrezărea nimic. Radu spera din suflet că partenerul lui ştie ce face, pentru că i se făcuse teamă. A simțit cum celălalt îi pune o lanternă în mână.

— Iei tot ce crezi că e de valoare şi-l bagi în ghiozdan. Ai înțeles?

Relu vorbea în şoaptă, aşa că Radu a aprobat fără să scoată un cuvânt.

— Şi pune-ți astea.

I-a întins o pereche de mănuşi de plastic. Radu şi le-a pus cu grijă, întrebându-se dacă atinsese ceva până atunci.

Îi era greu să se orienteze într-o casă pe care nu o cunoştea, iar aceasta era o casă al naibii de mare. Relu se mişca de parcă mai fusese acolo de cel puţin o sută de ori. Nu făcea dezordine, dar nici nu se sinchisea să pună la loc, exact aşa cum fuseseră, lucrurile prin care scotocea. Frunzărea cu rapiditate cărţi, desfăcea sertare, cutii.

Radu analiza un bibelou aurit care înfăţişa un elefant. Strălucea în lumina chioară a lanternei şi îi captase atenţia. A vrut să-l pună în rucsac, dar Relu l-a lovit peste mână.

Elefantul a căzut pe covorul gros. I se rupsese trompa, fără prea mult zgomot.

— Ce dracu' faci?

Relu era vizibil iritat.

— Bani, bijuterii, argintărie, asta înseamnă „de valoare", nu bibelouri chinezeşti. Ai înţeles? Cine crezi că vrea kitsch-urile lu' peşte?

Radu s-a redresat. A găsit nişte aur într-o casetă de bijuterii şi un colier care părea din perle. Le-a aruncat pe toate în ghiozdan.

Relu s-a dus în dormitor. Când băiatul a vrut să-l urmeze, a observat să unul dintre tablouri era puţin strâmb. Lui Radu îi plăcea ca lucrurile să fie aşezate la locul lor, aşa că n-a putut să se abţină.

Era un tablou pictat de cineva fără talent, cu maci. Doar că macii era albaştri, şi frunzele, roz. Cerul avea o nuanţă gri fără detalii, ca şi când artistul s-ar fi plictisit când a ajuns la el. Cine picta aşa ceva?

Când Radu a vrut să-l aşeze, a observat că un colţ nu se lipea de perete, aşa cum ar fi trebuit. A dat tabloul jos. Pe spatele lui era lipit un plic gros.

Relu tocmai se întorcea din dormitor. I-a smuls plicul din mână şi a aruncat o privire.

A fluierat lung. Erau mulţi bani înăuntrul plicului. Multe bancnote mari. Foarte multe. Numai plicul acela valora mai mult decât ar fi putut scoate pe tot ce adunaseră din restul casei.

A băgat plicul în buzunar şi a căutat în spatele celorlalte tablouri, pe rând. N-a mai găsit alt plic.

– Haide.

L-a condus pe Radu spre ieşire.

A încuiat uşa în urma lor şi au părăsit clădirea, cu aceeaşi linişte cu care intraseră.

Strada era la fel de pustie. Trecuseră doar douăzeci de minute, pe ceas.

Cu douăzeci de minute în urmă, Radu era un băiat care doar avea de gând să facă un pas în afara legii. Acum, acel pas era făcut. Nu se simţea atât de vinovat pe cât ar fi crezut că o să se simtă. Era puţin mândru pentru că, fără el, Relu n-ar fi găsit niciodată plicul.

– Bravo! i-a zis bărbatul când s-au îndepărtat de strada Lipscani. Sigur n-ai mai furat nimic?

Radu n-a răspuns, i s-a părut fără sens.

Când au ajuns la garaj, Relu a mai scos o cheie. Au intrat, apoi a încuiat uşa la loc. A aprins luminile puternice care pe Radu l-au orbit pentru câteva secunde.

Au pus la comun tot ce adunaseră, în afară de plic. Un set de ceai, o scrumieră, caseta găsită de Radu şi nişte bijuterii, toate din argint, perlele, ceva aur slab şi alte mărunţişuri. Nu era puţin, dar nici mult nu se putea numi. Dacă nu ar fi găsit plicul acela burduşit cu bani, jaful n-ar fi meritat osteneala.

Relu a scos din buzunar plicul, a numărat banii, apoi i-a mai numărat încă o dată.

I-a dat lui Radu, să-i numere şi el, fără să-şi şteargă de pe faţă un rânjet lacom.

— Vezi, Radule? Şi tu îţi frângi oasele pe sub maşini. Aşa se fac banii, de-adevăratelea.

Radu vedea foarte bine. În viaţa lui nu mai numărase atâţia bani odată... Sau adunaţi.

O oră. O singură ora durase totul. Era puţin peste miezul nopţii. O oră în care a făcut atâţia bani. Iar Nicu muncea luni întregi, fără să viseze să câştige atât.

În acele momente, probabil, cădea frânt de oboseală după o zi de muncă grea.

Radu îşi dădea seama acum cât de prost era plătită munca. Muncise şi el, câteva luni, nu o viaţă întreagă ca Nicu, dar ştia ce înseamnă şi putea să facă o comparaţie. Banii pe care îi avea în mână îl liniştiseră, i se părea că e invincibil acum, că n-o să-i prindă nimeni niciodată.

Făcuseră totul ca la carte, ca în filme. Nu lăsaseră amprente. Intraseră cu cheia. N-aveau nicio legătură cu casa aceea. Cum să îi prindă?

Şirul gândurilor i-a fost întrerupt de Relu.

— Ăştia sunt ai tăi.

I-a întins jumătate din teancul de bani.

— E prima şi ultima dată când primeşti atât. Ai înţeles?

Radu părea nedumerit. Se uita la grămăjoara de lucruri de pe masă care ar mai fi valorat şi ea destul.

— Nu suntem singuri, Radule. Mai sunt şi alţii. De unde pont? De unde chei? Au partea lor. Câteodată poți să-i tragi în piept, să le spui c-ai găsit mai puțin, da' nu merge mereu. Tu ai nevoie de banii ăştia, ştiu. O să-mpart restul, nu iau eu tot, stai liniştit.

Radu a rămas surprins de gestul lui Relu. Nu ştia că într-un om atât de dur se poate ascunde atâta suflet.

A băgat banii în buzunar. Nu ştia dacă să-i mulțumească, şi cum. A dat să spună ceva, dar Relu l-a întrerupt.

— Da, da. Ştiu. Ți-am spus, e prima şi ultima oară când primeşti atât. De aici înainte, împărțim tot la egal, adică la patru, la cinci... La câți o fi cazul. Ai înțeles?

L-a privit pe băiat în ochi şi s-a văzut pe el, cu mulți ani în urmă, la prima *curățenie*. Radu era mai bun decât crezuse, şi nu făcea pe deşteptul, îşi făcea doar treaba cu simț de răspundere. I-ar fi plăcut să nu îl târască pe drumul ăsta. Odată intrat, nu se ieşea uşor. Unii nu ieşeau niciodată. Dar îl lăsase să aleagă, nu-l obligase nimeni. El i-a oferit o variantă, putea să refuze, aşa cum făcuse la început. Atunci a văzut prima dată că Radu e băiat bun. A doua oară a fost când Radu a acceptat... Pentru mă-sa.

I-ar fi plăcut ca Radu să aibă o viață mai bună, mai uşoară, să aibă alte alternative, dar Relu ştia de mic copil că viața e o curvă şi că *dacă n-o fuți tu pe ea, te fute ea pe tine,* aşa îi spusese tac-su. Aşa îi spusese aproape în fiecare zi.

Radu l-a privit cum pune la loc în ghiozdanul negru tot ce adunaseră, inclusiv plicul, acum pe jumătate gol. Din ce mai rămăsese, Relu urma să se aleagă cu o treime, un sfert sau chiar mai puțin.

Din acea seara, Radu şi-a schimbat complet părerea despre hoți. Nu pentru că devenise parte din lumea lor, ci pentru că îşi dăduse seama că sunt şi ei oameni, că au suflet, probleme şi, mai ales, motive.

Poate nu toţi, dar unii aveau. Şi, pentru Radu, era suficient să ştie asta.

Relu şi-a pus agoniseala în spate, a stins luminile din garaj şi au ieşit amândoi în aerul rece de primăvară.

— Să nu-i cheltuieşti pe prostii. Ai înţeles?

— Da, şefu'.

Au zâmbit amândoi.

Băiatu' ăsta învaţă repede, s-a gândit Relu.

N-are suflet rău, şi-a spus Radu.

— Ne întâlnim mâine.

— Adică azi.

— Nu face pe deşteptu'.

Au pornit în direcţii diferite, fiecare cu bucuriile sale mărunte.

În acea noapte, Radu nu a mai privit tavanul. A dormit liniştit. Fusese o zi bună. Câştigase mult. Cât despre riscuri, erau atât de îndepărtate, încât nu avea rost să îşi mai toace nervii cu ele.

***

A doua zi, s-a dus la Oana la spital. I-a lăsat nişte bani, să aibă de dat la doctori, asistente. I-a cumpărat medicamente şi mâncare. Nu a putut să stea prea mult cu ea, trebuia să se întoarcă la Costi la garaj.

Oanei i-ar fi plăcut să mai stea, să o țină de mână, să-i povestească ce a mai făcut la şcoală, ce note a mai luat. Ar fi vrut să îl ştie mai aproape de ea, mai mult timp, dar înțelegea că munceşte ca să o ajute, s-o facă bine.

Nici nu îşi putea dori un copil mai bun decât Radu.

Relu aproape că nu l-a băgat în seamă toată ziua.

Orele de muncă s-au scurs greu. Pe Radu deja îl irita faptul că e plătit atât de prost pentru cât munceşte. Văzuse ce înseamnă să faci bani uşor.

În drum spre casă, a găsit un pui de pisică vărgat. Îl încolțise un câine. Dacă nu ar fi trecut Radu pe acolo, l-ar fi mâncat. A aruncat o piatră spre câine ca să-l sperie. A luat puiul de pisică în brațe cu gândul de a-l lăsa într-un loc mai puțin periculos.

Animalul a început să toarcă simțindu-se în siguranță, iar Radu n-a mai vrut să-l lase ştiind că oricând ar fi putut să apară, de nicăieri, un alt câine.

L-a luat cu el acasă. Nu ştia dacă e pisică sau motan, dar s-a gândit că, acolo unde mâncau ei trei, putea să mănânce şi un ghemotoc de blană.

A fost surprins să-l găsească pe Nicu deja acasă. Stătea la masa din bucătărie şi alegea fasolea stricată dintr-o pungă.

Bărbatul i-a anticipat nelămurirea.

— M-au trimis acasă.

— De ce?

— N-au voie să mă țină atâta la muncă. Legile.

Radu îşi dădea seama cât de inuman este să laşi un om, chiar şi cu voia lui, să muncească 16 ore pe zi.

Nicu avea mare nevoie de odihnă. Risca să ajungă şi el în spital, dacă mai continua mult aşa. Îmbătrânise zece ani într-o săptămână. Pe de o parte, grijile îşi spuneau cuvântul, pe de cealaltă, nici munca asiduă nu-i făcea bine.

Băiatul s-a bucurat că, în sfârşit, Nicu se putea odihni mai mult.

— Ți-ai găsit alt prieten?

Pisica torcea liniştită în brațele lui Radu.

— Am găsit-o pe stradă. Era s-o mănânce un câine.

— Să nu se urce pe masă.

— Nu o să se urce.

Nicu a mai aruncat o mână de fasole în cratița de lângă el.

— M-am întâlnit cu Matei.

Radu spera din suflet că Matei îi era prieten până la capăt şi că nu i-a zis nimic despre absențele sale din ultima săptămână.

— A zis că n-ai mai fost la şcoală.

Cum nu i s-a răspuns, Nicu a continuat tirul cu reproşuri.

— Azi-noapte la cât ai venit?

— La doişpe jumate.

— Aproape unu, adică.

Deci îl auzise.

— Unde ai fost?

La asta nu se gândise Radu. Unde să spună că a fost? A coborât privirea la pisica adormită din brațele sale.

— M-am plimbat.

— La ora aia?

— Nu puteam să dorm.

— Când ai încercat? Că nu te-am găsit acasă când am venit.

Se simțea prins cu minciuna. Până atunci nu fusese nevoit să își mintă cu adevărat părinții. Nu făcuse nicio prostie pe care să o ascundă. Iar micile minciuni pe care li le servea câteodată erau nevinovate.

— Radule, nu ştiu ce faci şi pe unde umbli, dar dacă te prind că mai lipseşti de la şcoală, nu ştiu ce îți fac.

Băiatul a încuviințat plin de ruşine. Ura să îşi supere părinții, însă tot ce făcea era pentru ei, pentru ei toți.

A tăiat o felie de parizer pentru pisicuță. După ce a mirosit-o puțin, a refuzat bucata de mâncare.

— E prea mică. Îi trebuie lapte.

De unde să ia la ora aia lapte? Se găsea doar dimineața.

— Vezi la Matei. Poate are el să-ți dea vreo cană.

N-ar fi vrut să dea ochii cu Matei după trădarea din acea zi, dar pisica părea hămesită, aşa că şi-a călcat pe orgoliu şi a coborât la cel care îi fusese atâția ani cel mai bun prieten.

I-a deschis Nicoleta, mama lui Matei. I-a zâmbit compătimitoare şi l-a poftit înăuntru.

— Săru' mâna! Nu mai intru. Aveți să ne dați şi nouă o cană de lapte? Am găsit un pui de pisică şi nu vrea să mănânce nimic. Poate vrea lapte.

— Mai am. Sigur nu vrei să intri cinci minute, n-ai mai venit de mult pe la noi?

Băiatul a scuturat din cap. Spera să facă rost de lapte fără să dea ochii cu Matei.

A aşteptat în prag până s-a întors Nicoleta cu o sticlă de lapte de un litru, plină pe sfert.

— Ia-l pe tot.

— Mulţumesc!

— E frumoasă pisica?

— E vărgată. V-o aduc când se mai linişteşte, dacă vreţi. Acum e speriată rău. Era s-o mănânce un câine.

Femeia s-a apropiat de Radu, de parcă îi era teamă să n-o mai audă cineva.

— Oana cum e?

— E bine.

Atât cât se putea atunci de bine, s-a gândit băiatul.

— Când îi dau drumul?

— Nu ştiu...

Nicoleta i-a oferit acelaşi zâmbet compătimitor şi l-a strâns în braţe, luându-l puţin prin surprindere. Îi era drag de Radu cât îi era şi de Matei. Crescuseră amândoi, ca fraţii, când la unul, când la celălalt. Când la patru, când la şase.

Îi spusese Matei că Radu chiuleşte de la şcoală şi că s-a angajat, dar Nicoleta prefera să fie avocatul diavolului. Înţelegea motivele din spatele purtării băiatului. Nu era pe deplin de acord cu acea purtare, dar putea să înţeleagă motivele.

— Ai grijă de tine, Radule! Şi de Oana. Da?

— O să am. Săru' mâna! Şi mulțumesc din nou pentru lapte.

Radu a plecat în fugă pe scări.

Nicoleta a închis uşa în urma băiatului şi i-a părut rău pentru el. Era copil bun. Merita mai mult de atât.

A turnat lapte într-o farfurioară şi i-a dat pisicii să mănânce.

Pisica nu a refuzat laptele. A mâncat lacomă până s-a săturat, apoi s-a lungit lângă farfurie pentru un pui de somn.

În aceeaşi bucătărie, Nicu făcea ciorbă de fasole, iar Radu privea pisica pentru a evita să-l privească pe Nicu. Îi era ruşine să dea ochii cu el. Simțea că, într-un fel, îl dezamăgise.

— Cum o cheamă?

— Nu ştiu.

— E motan sau pisică?

Radu a ridicat din umeri. Nu îşi dădea seama.

Nicu a lăsat jos cuțitul cu care tăia nepriceput ceapa. A luat animalul adormit de jos şi l-a întors cu burta în sus la el în palmă.

— E motan.

A aşezat motanul la locul lui, iar acesta a adormit imediat.

— Deci, cum îl cheamă?

Radu s-a gândit câteva secunde. Ştia un singur nume de motan.

— Tomiță?

— Ca al lu' mă-ta mare?

— Ce are?

— N-are nimic. Merge.

O oră mai târziu, cei doi au mâncat ciorba făcută de Nicu. Nu era la fel de bună ca cea pe care o făcea Oana, dar ce mai conta? Tomiță încă dormea.

Nicu s-a ridicat primul de la masă.

— Mâine te duci la şcoală.

— Mă duc.

Radu a rămas să strângă masa. Lipsise doar o săptămână. Nu era atât de mult. Putea să îşi îndrepte absențele, să ia note bune. Asta însemna că trebuia să treacă din nou la munca de după şcoală, dar spera să mai facă Relu rost de vreo combinație.

A luat motanul de jos şi l-a dus la el în cameră. Îl linişte atingerea moale a blăniței lui.

În acea zi, Radu a simțit că pierduse un prieten. Dar îşi găsise unul nou. Poate că acel nou prieten nu era capabil să îi spună că *o să fie bine,* dar în viață nu totul era bine.

***

La şcoală, nu se schimbaseră prea multe.

Radu s-a aşezat în ultima bancă, nu mai voia să stea cu Matei. Pe Maria a ignorat-o.

Spre surprinderea lui, Cristi l-a salutat fără aerul de superioritate care îi era caracteristic. Într-una dintre pauze s-a dus la el.

— Să ştii că n-am vorbit serios... Când am zis ce am zis despre mama ta. N-am ştiut că e bolnavă.

Radu nu a spus nimic. Poate că băiatul din fața lui nu era doar un snob lipsit de cei şapte ani de acasă.

— Îmi pare rău!

— Cine ți-a spus?

— Matei.

A privit spre banca în care împărțise cu cel mai bun prieten mâncare, glume, teste şi amintiri.

— Am şi uitat.

Cristi i-a întins mâna. La 16 ani e mai uşor decât pare să treci peste neînțelegeri şi să admiți că ai greşit.

— Şi mie îmi pare rău... Pentru...

A arătat spre rana care încă nu se vindecase complet.

— Mi-am meritat-o.

Radu şi-a dat seama atunci că, poate, îl judecase pripit pe Matei. Îi dorise doar bine. Întotdeauna îi dorise binele.

Şi-a luat ghiozdanul şi s-a mutat în fosta lui bancă.

Matei a fost surprins să-l vadă înapoi atunci când s-a întors din pauză. A zâmbit fără să spună ceva, aştepta să facă Radu acel prim pas.

— M-ai pârât.

— Da. Şi azi ai venit la şcoală.

Atunci au înțeles amândoi că depăşiseră de multă vreme granița prieteniei. Erau frați. Câteodată, până şi frații mai au neînțelegeri. Poate mai multe decât s-ar fi aşteptat ei.

Au plecat împreună de la liceu. În urma lor, Maria mergea grăbită.

— Radu! Aşteaptă!

— Eu o iau înainte, a spus Matei.

— Nu. Rămâi.

— Mă cam grăbesc.

I-a făcut cu ochiul şi a înteţit pasul, în timp ce Radu a rămas s-o aştepte pe Maria.

— Unde ai fost?

— La liceu. Ca tine.

— Nu face pe prostu' cu mine. Mi-am făcut griji. Eşti bine?

— Sunt.

Nu minţea. Urma ca în câteva zile s-o externeze pe Oana. O puseseră pe picioare. Era tot ce puteau face pe moment.

— Unde ai fost?

— Pe aici. La muncă.

— Tu munceşti?

— De trei luni. Ajutor de mecanic.

S-au sprijinit amândoi de gardul scund al şcolii. Maria nu ştia ce înseamnă să munceşti cu propriile mâini. Primise toată viaţa totul de-a gata, uneori fără să ceară măcar. Îi aprecia pe cei care munceau. Chiar dacă îi prefera, poate, pe cei care erau la fel ca ea.

— M-am despărţit de Cristi.

— De ce?

— Pentru ce a spus... Despre mama ta. N-avea dreptul s-o facă.

— Şi-a cerut scuze.

— Şi te-au făcut să te simţi mai bine?

— Nu ştiu.

— Vezi? Nu poţi să arunci cuvinte în oameni de parcă ai arunca pietre în lac.

Maria s-a apropiat şi mai mult de el. Braţul ei era lipit de braţul lui.

— E mai bine? Mama ta.

— Ţi-a spus şi ţie?

— Ne-a spus tuturor. Te-a învoit de la profesori. Toţi au înţeles.

Radu a zâmbit. Tot ce făcuse Matei, ca să-i fie lui bine, îi trezea remuşcări. Chiar şi faptul că îl pârâse la Nicu tot pentru binele lui a fost.

Nu mai putea să stea, trebuia să ajungă la muncă. Costi l-ar fi omorât dacă întârzia şi mai mult. Nici nu îl anunţase că o să vină pentru doar o jumătate de zi.

— Maria, trebuie să plec.

Fata l-a privit puţin nedumerită.

— La muncă.

— Aa... Înţeleg.

S-au privit câteva secunde şi aproape au putut vedea acea scânteie care s-a aprins între ei.

— Ne vedem mâine?

— Sigur.

— Să nu mai lipseşti.

— Nu mai lipsesc.

— Promiţi?

— Promit.

Înainte să plece, Maria l-a sărutat scurt pe obraz.

Radu a roşit. N-a vrut să lungească momentul de stânjeneală, aşa că s-a grăbit să plece.

— La revedere, Radu! a strigat Maria în urma lui.

— Pe mâine! i-a răspuns întorcându-se spre ea.

Maria îl vedea altfel pe Radu acum. Îl vedea altfel şi pe Cristi. Fusese atât de oarbă.

Lumea era plină de băieţi ca Cristi şi nu avea, nici pe departe, atât de mulţi Radu câţi i-ar fi trebuit.

Dar Maria nu ştia că băiatul pe care începea să-l placă se schimbase.

***

Relu i-a făcut semn să iasă afară. Însemna că au de vorbit.

Radu l-a aşteptat cuminte, ca de obicei.

Viaţa lui începuse să se îndrepte, să ia o întorsătură mai frumoasă. Oana ieşise din spital pe picioarele ei. Pe Nicu îl găsiseră compatibil pentru transplant. Existau şanse pentru o viaţă mai bună.

Maria se apropiase mai mult de el.

— Nu vrei să mă întrebi nimic? i-a spus ea într-o zi, după şcoală, în scurtele momente pe care le aveau la dispoziţie înainte să plece Radu direct la muncă.

— Ce să te întreb?

— Nu ştiu...

Radu a privit-o încruntat. Abia începea să se obişnuiască mai bine cu toate lucrurile fără sens pe care le spuneau fetele.

L-a luat de mână şi l-a privit în ochi.

— Radu... Te plac! Te plac în felul ăla.

El nu a ştiut ce să răspundă imediat, aşa că Maria l-a sărutat pe buze apăsat. S-au roşit amândoi de emoţie, de ruşine şi au început să râdă.

— Acum, vrei să mă întrebi ceva?

— Mă placi suficient, cât să vrei să fii iubita mea?

Drept răspuns, a primit un alt sărut. Mai moale. Mai cald. Mai pasional.

Se putea spune că viaţa lui Radu prindea culoare. Avea încă destui bani puşi deoparte. La perioade regulate de timp, îi cumpăra medicamente Oanei. Ea le primea cu greu, îi era ruşine să trăiască pe spinarea copilului, dar nu avea ce să facă. Ea nu ştia cât câştigă Radu, părea că destul de bine şi se mândrea cu el. Reuşea să se descurce şi cu munca, şi cu şcoala.

— Ce m-aş face eu fără tine? Fără voi? îl întreba adesea.

Iar Radu se întreba ce s-ar fi făcut ei fără ea.

Matei i-a oferit spaţiul de care avea nevoie. Nu se mai vedeau atât de des în afara orelor, dar rămăseseră cei mai buni prieteni. Aveau să fie cei mai buni prieteni pentru totdeauna.

Uşa trântită de Relu l-a făcut să tresară.

Bărbatul s-a aşezat lângă el. Şi-a aprins o ţigară şi a tras un fum. Nu fuma des, doar din când în când, câte o ţigară, pentru stres.

— Mai am o combinaţie.

Radu se gândise la un moment dat să iasă din nebunia asta, cât timp mai putea scăpa basma curată. Cu viaţa revenită la normal şi cu atâtea câte avea de pierdut, începuse să se gândească serios la consecinţe.

Dar nevoia de bani a familiei sale nu se schimbase. Oana era mai bine, nu vindecată. Trebuia să facă transplantul, să se refacă. Nicu nu ar mai fi putut să muncească o vreme după operație.

L-ar fi întrebat de unde are el bani şi ar fi găsit o minciună destul de bună încă să o creadă.

Se hotărâse să mai ia parte la *combinații* doar până se făcea Oana bine. Dacă se descurcase 16 ani cu puțin, putea să se mai descurce câțiva, până să îşi facă un rost mai bun în viață.

– Tot curățenie?

– Aha.

Relu părea tulburat. Nu îi dădea vestea cu prea mult entuziasm.

– Ce e?

– O să fie mai greu.

– De ce?

– Nu e curățenie într-o casă. E într-un amanet.

– Ți-e frică?

– Să zicem.

– Şi-atunci, de ce mergem?

– Că trebuie. Dacă vrei, tu poți să stai acasă. La mine e ultima. Am pus nişte bani deoparte. Vreau să mă dau la fund.

A aruncat restul de țigară pe jos şi a expirat ultima gură de fum.

Radu nu înțelegea de ce *trebuia* neapărat să facă asta Relu. Dar îşi dădea seama că, dacă el se dădea la fund, era ultima lui şansă să mai câştige nişte bani.

– Mă bag. Luna viitoare are mama transplantu'. Îmi mai trebuie nişte bani.

— Eu ți-am zis, e periculos.

— Știu. Nu e mereu?

Relu a privit în gol, spre cuibul de rândunici. Făceau gălăgie. Lui îi plăcea liniștea. Trebuia să se fi dat la fund deja. Dacă îl lăsau. Radu nu știa nimic. Pusese mâna pe niște bani, și avea impresia că viața e roz cu picățele. Habar nu avea el de toți oamenii din spate.

Radu nu știa nimic de ăla care avea atelier de copiat chei. Când găsea vreun client care îi trezea interesul, venit până și cu cheile de la sertarul cu chiloți al nevestei, făcea un set de chei în plus și își trimitea băieți să-l scarmene. Iar băieții fix asta făceau. Aflau unde stă, cu cine, când vine acasă, când pleacă, dacă mai e și altcineva în casă, dacă are alarme sau paznici. Aflau băieții tot.

Apoi era treaba lui Relu. Cu inelul de chei și informațiile în buzunar, putea să-și facă treaba liniștit. Riscuri existau întotdeauna. Băieții puteau să mintă, sau intervenea hazardul.

De două ori, fusese gata să-l prindă. Se mirase și el că a scăpat. A zis că a treia oară n-o să mai aibă noroc.

Pe Radu îl luase ca să vadă dacă are înclinație. Îl văzuse la muncă, era tacticos și îi mergea mintea, te înțelegeai ușor cu el. Urma ordine fără să comenteze și avea nevoie de bani.

Nu l-ar fi lăsat să plece dacă nu găsea pe altul care să-i ia locul.

Au avut parte și de norocul începătorului, deși n-a spus-o nimănui. Băiatul își merita banii și nu voia să-i dea pe prostii.

Relu s-a hotărât să termine cu prostiile, adunase destui bani, era hotărât să muncească, aşa, pe puţin. Se săturase să tresară la fiecare sirenă de poliţie şi să trăiască mereu cu frica în sân.

I-au zis că-l lasă, dacă mai făcea o curăţenie.

Unul dintre proprietarii amanetelor unde ducea lucrurile pe care le adunau la curăţenie s-a făcut că uită să le dea banii.

L-au iertat o dată, de două ori. Trebuia învăţat cumva minte. Trebuiau să îşi recupereze cumva banii.

Relu nu furase decât din case, atunci când era sigur că sunt goale. Nu era criminal, bătăuş sau violator. Era hoţ. Şi îi ajungea pata asta. Nu mai voia şi altele.

Aşa că avea tot dreptul să se teamă, mai ales că îi spunea lui ceva că nu o să meargă totul strună.

S-a aplecat, a luat o piatră de pe jos şi a ţintit cuibul.

A nimerit lângă el, dar păsările s-au speriat şi au zburat.

S-a aplecat să mai ia o piatră. Nu înţelegea de ce dracu' nu poate niciodată să nimerească din prima. Numai din a doua lovitură nimerea.

Radu s-a postat în faţa lui înainte să arunce a doua piatră.

— Lasă-le. Ce ai cu ele?

— Fac gălăgie.

— Se bucură şi ele de viaţă.

Relu ar fi vrut să se poată bucura şi el de viaţă.

A aruncat piatra jos şi a lovit-o cu piciorul. A pornit cu paşi apăsaţi spre garaj. Avea treabă.

Radu l-a urmat la câțiva metri în spate.

— Mâine la unu. Ai înțeles?

— Da, şefu'.

Au zâmbit amândoi.

***

A doua zi, la unu, era o noapte perfectă pentru ce aveau ei de făcut. Un strat gros de nori acoperea cerul. Era un întuneric de-ți băgai degetele în ochi.

S-au întâlnit tot la garaj.

Când plecase, dăduse nas în nas cu Oana.

— Unde te duci la ora asta? l-a întrebat ea.

— La Matei.

— E miezul nopții.

— De parcă ar fi prima oară.

Oana acceptase argumentul lui cu o ridicare de umeri.

Fusese uşor s-o mintă de data asta.

Relu i-a dat mănuşile, lanterna şi nişte săculeți de pânză neagră.

— Ai chei?

— Tu ce crezi?

A bătut cu putere în buzunarul pantalonilor. Cheile au zornăit înfundat. Relu avea, probabil, chei pentru orice. Radu se întreba dacă nu cumva are o cheie şi de la casa lui. Dar ce să fure? Banii pe care tot el îi dăduse?

Amanetul era la doar câteva străzi distanță.

Relu a desfăcut lacătul grilajului. Când l-a urnit, a scârțâit cu zgomot. Lui îi plăcea liniştea.

Din câte ştia, nu exista nicio alarmă. A descuiat uşa şi au intrat înăuntru.

Cinci secunde.

Zece.

Cincisprezece.

Nicio alarmă.

Când a crezut că e sigur, Relu s-a năpustit la primul dulap. Nici nu era încuiat. N-a fost nevoie să îl spargă cu ciocanul greu pe care îl adusese.

Radu îi ținea gura sacului larg deschisă, iar el arunca acolo pumni întregi de bijuterii din aur.

Relu nu se simțea deloc în apele lui. Câți ani i-ar fi dat dacă îl prindeau? Patru? Cinci? Probabil destui. În cât ar fi ieşit pe bună purtare? Nu ştia. Dar nu putea să-şi scoată întrebările astea din minte.

Radu simțea şi el că ceva nu e în regulă. Nu-l văzuse niciodată pe Relu atât de agitat.

— Du-te şi vezi dacă e cineva afară.

Radu s-a conformat. A aruncat o privire prin grilajul de la fereastră. Nu se vedea nimeni.

Au mai golit un dulap. Al treilea era deja gol. Al patrulea la fel. Părea că luaseră tot.

Încăperea mică s-a luminat în roşu şi albastru.

Inima lui Relu bătea să-i spargă pieptul. A lui Radu, la fel.

Sperau amândoi că maşina va merge mai departe. Însă maşina s-a oprit în fața amanetului.

— Fugi! La Costi la garaj. Pe drumul cel mai lung, printre blocuri.

I-a aruncat o cheie a garajului.

Au luat-o la fugă amândoi.

Până s-au dezmeticit cei doi poliţişti supraponderali, ei luau deja colţul spre un gang dintre blocuri.

S-au despărţit.

Radu ştia un singur lucru în acele momente, că trebuie să fugă. Mai mult decât fugise în noaptea în care ambulanţa o luase pe Oana. Mai mult şi mai repede decât fugise în toată viaţa lui.

Nu îi mai auzea lui Relu paşii în urma sa.

A auzit în schimb un foc de armă, la două străzi distanţă. Apoi încă unul. Şi încă unul.

L-a străbătut un fior, dar nu s-a oprit. A continuat să alerge printre blocuri, fără să privească în urma lui. Dacă era acolo vreun poliţist gata să-l împuşte, nu voia să ştie.

Abia când a ajuns la garaj a privit peste umăr. Nici urmă de poliţişti. Nici urmă de Relu. Îşi simţea inima bătându-i în gât. Mâinile îi tremurau. Abia a nimerit încuietoarea. I s-a părut că durase o veşnicie până să intre.

Înăuntru era lumină ca în miezul zilei.

Radu s-a lăsat pe vine, cu spatele lipit de uşă şi a început să plângă. Încă era un copil. A lăsat să-i scape un suspin şi s-a rugat din tot sufletul să apară Relu.

— Relu unde e?

A tresărit, înghiţindu-şi lacrimile.

Ce căuta Costi la muncă, la ora aia din noapte?

A încercat să articuleze un răspuns, însă nu putea găsi niciunul.

— Te-am întrebat unde e Relu? V-ați despărțit pe drum?

Cât știa Costi din toată povestea asta? Poate că mai mult decât lăsase să se vadă. Poate că se întâlneau cu voia lui noaptea la garaj.

— Zi, mă!

— Relu... Nu știu... Am auzit împușcături.

Costi a aruncat cu putere cheia grea din mână spre un perete. O bucată de tencuială s-a desprins și a căzut.

Radu și-a găsit cuvintele. I-a povestit tot. Costi știa mai multe decât crezuse băiatul. Nu lua parte la combinații în mod direct. Le punea garajul la dispoziție noaptea pentru niște schimburi, și primea o mică parte.

În noaptea aia nu avusese somn. Era un semn.

L-au așteptat pe Relu patru ore. Era aproape șase dimineața. Se luminase de zi.

— Nu mai vine. L-au prins.

— Poate se ascunde undeva, și știe că îl caută. Hai să mai stăm puțin.

— Copile, l-au prins. Dacă n-a venit până acum, nu mai vine. Roagă-te să fie viu. O să mă rog și eu.

Ochii lui Radu s-au umplut iarăși de lacrimi. Îi plăcuse Relu. Îi plăcuse povestea lui. Îl făcuse să înțeleagă că toți oamenii au în spate poveri pe care alții nu le văd și că ele nu îi opresc să fie buni atunci când trebuie.

Radu a mai aşteptat o oră pe banca unde mânca în fiecare zi cu Relu.

Înainte să plece la şcoală, Costi l-a chemat la el.

— Gândeşte-te unde spui c-ai fost.

Radu l-a privit nedumerit.

— Azi-noapte. Gândeşte-te unde spui că ai fost. O să te-ntrebe. O să întrebe toţi cunoscuţii lui Relu. Găseşte ceva tare, cu martori care să jure c-ai fost acolo unde spui. Da?

I se făcuse inima cât un purice. Cine să garanteze pentru el? Să îşi pună părinţii să mintă? Ar fi însemnat să le spună adevărul, iar adevărul i-ar fi durut mai tare decât îi durea oricare altă problemă din vieţile lor.

S-a dus la şcoală doar cu trupul. Mintea îi era în altă parte. Căuta disperat căi de scăpare. Sufletul se ruga pentru Relu.

Nu şi-a dat seama când s-au terminat orele, nici când au trecut cinci ore de muncă la Costi. Nu şi-a dat seama nici cum a ajuns acasă.

Matei îl aştepta pe scară, la etajul şase.

S-a aşezat şi Radu lângă el. A început să plângă.

Matei n-a zis nimic. L-a lăsat să se liniştească. După ce s-au oprit suspinele, l-a îmbrăţişat.

Nu ştia ce făcuse prietenul lui cel mai bun, dar se temea de ce era mai rău.

— Hai la mine. Nu e nimeni acasă.

Matei i-a pus pe masă o cană cu apă şi nişte biscuiţi făcuţi de Nicoleta.

— Zi tot.

Radu i-a zis tot, i-a povestit până şi de bucuria pe care o simţise când avusese pe mână o grămadă de bani. Oricum, dacă-l găseau, avea să afle toată lumea.

Matei nu l-a întrerupt, a ascultat fără să-l judece. Putea înţelege că *a nu avea* e un diavol care te împinge să faci multe.

— O să mă salte şi pe mine.

— De unde ştii? Te-au văzut?

— Nu. O să le spună Relu. Sau o să-şi dea ei seama, când o să mă-ntrebe unde am fost.

— Relu ăsta pare băiat bun.

— E...

— Atunci, n-o să le spună.

— Atunci, o să-şi dea ei seama. Unde le spun că am fost?

Matei a cântărit bine a doua opţiune a lui Radu. Îl durea că cel mai bun prieten al său alesese un astfel de drum. Totuşi, nu putea să-l condamne. Înţelegea disperarea.

— Le spui c-ai fost la mine.

— Nu te bag în asta.

— Le spui c-ai fost la mine. O să vorbesc cu mama. Tata n-a fost acasă.

Aşa a şi făcut Matei. I-a povestit o variantă mai înfrumuseţată a celor întâmplate şi a convins-o să mintă pentru Radu.

Nicoleta ţinea la el ca la copilul său. Îl crescuse la sânul ei. Oana n-avusese prea mult lapte, iar băiatul nu voia să sugă la biberon. Cum Matei avea deja şase luni, începuse să mănânce şi altceva, aşa că putea să îi dea din porţia lui de lapte firavului Radu.

Cum existau doar două scăpări, una pe care nu putea s-o accepte, şi cealaltă care depindea, în mare măsură de minciuna ei, decizia a fost uşor de luat.

***

Costi avusese dreptate. Poliţia îi căutase pe amândoi, doar lucrau împreună.

Relu nu vorbise. Se puteau spune multe lucruri despre el, dar nu că e un turnător.

— Crezi c-am scăpat?

Stăteau amândoi pe banca veche de lângă garaj.

— Sigur nu pot să spun. Cred că da.

— Cât o să-i dea?

— Câţiva ani. E recidivist. Şi l-au prins cu trei chile de aur.

Radu se simţea vinovat. Dacă le-ar fi ieşit combinaţia, s-ar fi bucurat de câştig. Dar, cum nu ieşise, Relu încasa singur pedeapsa.

Îi văzuse unul de la balcon când au intrat în amanet. I se păruse suspect şi a vrut să facă pe bunul samaritean. Aşa aflase poliţia, altfel, le-ar fi mers.

— A trecut el prin mai grele de-atât. Nu-i plânge de milă.

Radu exact asta făcea. Lacrimile îi curgeau liniştite pe obraji.

— De unde îl ştii pe Relu? a întrebat el, după ce i s-a potolit plânsul.

— Din puşcărie. Dacă nu era el... Mă omorau în bătaie, odată.

Lui Radu i-a fost ruşine să ceară detalii. S-a mulţumit cu cât primise.

— De mâine, să nu mai vii.

Se aşteptase.

— De ce?

— Ţine-te de şcoală. Aici o să intri numai în belele.

Radu a acceptat argumentul. Voia să se ţină de şcoală. Rămăsese singura lui soluţie.

Călcase în afara legii şi simţise cum braţul ei lung e aproape să-l prindă.

Scăpase o dată. A doua oară nu era dispus să rişte.

***

Mai erau doar câteva zile până la operaţia Oanei.

Poliţia renunţase uşor la căutarea celui de-al doilea făptaş. Se mulţumeau cu unu. Recuperaseră tot prejudiciul.

Radu scăpase. Îl scăpase Relu. Îl scăpase Costi. Îl scăpase Matei. Şi îl scăpase Nicoleta. Le era dator pe viaţă, tuturor.

Se despărţise de Maria. Nu pentru că ar fi încetat să mai ţină la ea, ci pentru că nu mai era omul de care se îndrăgostise. N-ar fi putut să o mintă la nesfârşit.

Au suferit amândoi. Partea bună era că, la 16 ani, inimile frânte se vindecă repede.

— Şi împuşcăturile?

— L-au nimerit în picior. Aşa a zis Costi. Dar puţin. Cât să poată să-l prindă.

Stăteau pe balcon. Priveau oraşul.

Dacă priveau înapoi, se întâmplaseră atât de multe. Se schimbaseră atât de multe. Nici măcar ei amândoi nu mai erau la fel.

Dacă priveau acea clipă prezentă, ar fi zis că e totul la fel. Doi prieteni care împart mai mult decât o simplă prietenie.

Matei s-a căutat în buzunar şi a scos de acolo o ţigară boţită.

Radu l-a privit încruntat.

— E ultima. Jur. M-a prins mama. A zis că, dacă nu mă las, mi le îndeasă pe gât.

Aşa era Nicoleta. Putea înţelege lucruri complicate, ca ilegalităţile şi complicitatea, dar nu putea înţelege că fiul ei a crescut şi fumează.

— Poimâine o operează pe mama.

— Ştiu.

— Mi-e frică.

— O să fie bine, Radule. O să vezi!

O viață trăită în lanț

Iubirea înseamnă să te legi de alții.

Doar că există două feluri de legături.
Cele care te obligă să stai undeva. Şi cele care
îți arată că nu are niciun sens să pleci.

***

I-a aruncat o bucată de pâine.

A luat-o bucuros. Era mâncarea lui cea de toate zilele. O bucată de pâine, de două ori pe zi. Din când în când, primea şi oase. Înainte erau preferatele sale, acum, de când începuseră dinţii să-i cadă şi să nu îi crească la loc, mai mult se lupta cu ele decât să le mănânce.

A dat bucuros din coadă. A mulţumit. A înfulecat pâinea uscată şi a aşteptat să treacă timpul până la următoarea bucată de pâine.

Aşa măsura trecerea timpului, de la o bucată de pâine la alta.

Viaţa e cu atât mai lungă, cu cât lanţul în care o trăieşti e mai scurt.

Zilele toride de vară nu îi plăceau. Avea umbră doar până la ora prânzului. Când era căldura mai mare, trebuia să stea în soare. Nu se gândise nimeni să-i mute şi lui lanţul mai la umbră.

În cratiţa cu smalţul sărit în care îi puneau apă creştea verdeaţă. Acum era goală. Uneori treceau câte două zile până îşi amintea cineva să îi pună şi lui o cană cu apă.

Îl chema Azor, Azorel sau Azorică. Nu ştia exact cum, pentru că îl strigau cu toate aceste nume. El răspundea la toate.

Se afla în curtea aceea de treisprezece ani, în anii lor. În anii lui, nu mai ştia câţi se scurseseră. Prea mulţi. Prea lungi. Abia îşi mai amintea ziua în care îl răpiseră de lângă ceilalţi cinci fraţi, dar nu uitase durerea. Îl rupseseră în două în acea zi, fără să le pese. De parcă animalele nu ar avea suflet. De parcă ele n-ar şti sau nu şi-ar aminti.

Îl ţinuseră pe lângă ei câteva luni, îi dăduseră lapte şi pâine înmuiată în ciorbă. Se jucaseră. Creştea frumos. Până într-o zi, când i-au legat cureaua scorojită de gât. Iar de curea au legat un lanţ de mai puţin de doi metri.

Din acea zi, lumea lui s-a comprimat într-un semicerc restrâns. Nu a mai primit mâncare bună, doar pâine şi resturi acrite, uscate. Mâncăruri pe care ei nu le-ar mai fi mâncat vreodată, dar care lui trebuiau să-i aducă bucurie. Şi îi aduceau.

Îmbătrânise. Nu voia să recunoască, însă o simţea în oase. Blana i se rărise şi îi cădea în smocuri mari. Căldura îl răpunea uşor. Frigul îl îngheţa până la măruntaie.

Singura lui bucurie rămăsese Sabina. O ştia de când avea patru ani. Mâinile ei firave l-au mângâiat, adunat, zile întregi. Ea nu uita să-i pună apă şi îi mai dădea pe furiş, câteodată, mâncare bună.

De doi ani plecase la şcoală la oraş. O mai vedea doar două zile pe săptămână. Erau zilele lui preferate.

A lovit cratiţa cu botul. S-a răsturnat. A făcut zgomot. Şi n-a auzit-o nimeni. Poate mai târziu.

Nici păsările n-aveau apă. Stăteau cu ciocul căscat de sete. Îl ţineau în curte cu ele, ca să sperie vulpile sau dihorii. Erau o prezenţă supărătoare, în mare parte din timp. A învăţat să le tolereze. Ce aşteptări să aibă de la nişte animale cu creierul cât boaba de mazăre?

A mai lovit cratiţa o dată.

– Acuma îţi pun!

Era Magda, mama Sabinei. Ea îi arunca mâncare de două pe zi, fără abatere. Şi tot ea uita adesea să-i pună apă, în special în zilele de vară în care avea nevoie de mai multă decât de obicei.

Magda era neglijentă, însă nu era femeie rea. Îi descurca lanţul atunci când se încurca şi îi punea paie în cuşcă iarna, să-i ţină de cald.

Zilele lui Azorel se scurgeau la fel. Aşa s-au scurs ani întregi.

El s-a crezut mereu un stâlp de bază al întregii curţi. Până într-o zi, când şi-a dat seama că, oricât de bun şi de loial ar fi fost, tot l-ar fi putut înlocui.

***

Era început de septembrie. Căldura se domolise. Printre frunzele merilor adiau brize jucăuşe de vânt.

Azorel o aştepta pe Sabina, era acea zi din săptămână când ea se întorcea acasă.

Fata întârzia să apară, o făcea destul de des.

Câinele nu şi-a dat seama imediat că a ajuns. În ultimul an, auzea mai înfundat zgomotul porţii trântite cu nerăbdare. Acum nu-l auzise deloc. În schimb, a văzut-o pe Sabina venind spre el.

A dat din coadă vesel şi s-a smucit în lanţ. Dacă nu ar fi fost acel lanţ, i-ar fi sărit înainte. Ar fi aşteptat-o la poartă. N-ar fi lăsat-o să plece singură în lumea largă.

Fata i-a aruncat o bucată de pâine. Era mai bună pâinea de la ea. A lăsat-o să cadă fără a-i acorda prea multă atenție. Voia să se bucure de fiecare clipă petrecută în compania copilei.

L-a scărpinat între urechi. Stătea destul de departe. Întinsese la maximum lanțul, ca să ajungă la picioarele ei.

A vrut să o îmbrățişeze. Fata s-a ferit.

— Mă murdăreşti! Stai cuminte! a strigat ea.

Murdăria făcea joaca mai frumoasă. Ce era rău în a te murdări? Până atunci nu îi păsase.

A atins-o cu nasul umed pe genunchiul gol. Ochii lui o implorau să îi ofere mai multă atenție.

— Nu face fața aia de milog. Nu mai merge.

Azor şi-a lăsat botul pe labele din față. Era rănit de vorbele fetei. Cine era această nouă Sabina care îi refuza joaca, plăcerea lui nevinovată, din cauza murdăriei?

I-a golit apa călâie din cratiță. Magda umplea ligheanele păsărilor.

— Pune-i şi lui Azorică nişte apă!

— Îi pun.

Doar că Magda a golit găleata, până la ultima picătură, în vasul rațelor, şi de Azorică a uitat.

Sabina s-a grăbit să plece. Stătuse doar două minute. Două minute pe care Azorel le aşteptase o săptămână întreagă. Acum, mai avea de aşteptat încă o săptămână.

Era prea rănit ca să se mai ridice de jos.

A privit rațele cum se scaldă pe rând în ligheanul strâmt. Trăiau şi ele într-un lanț, doar că nu-l puteau vedea. Aşa că aveau impresia că trăiesc libere.

Azor ştia că nu există libertate şi învăţase că strânsoarea lanţului doare cu atât mai mult, cu cât te gândeşti mai intens la el.

Era puţin invidios pe raţe. Cu falsa lor iluzie de libertate, nu se gândiseră niciodată la îngrădirile care le înconjurau.

A lovit degeaba cratiţa în acea seară. Cererea sa a rămas fără răspuns. Se obişnuise.

S-a lungit pe pământul tare, printre vrejurile de iarbă, aşteptând. Viaţa lui era un lung şir de aşteptări.

Aştepta să-i pună cineva apă.

Aştepta să-i arunce Magda o bucată de pâine.

Aştepta să vină Sabina să-l mângâie.

Aştepta să se schimbe anotimpurile.

Aştepta să treacă timpul.

Trăia pentru bucurii mărunte. Dar erau bucuriile lui. Şi îi dădeau motive să treacă fiecare zi, bună sau rea, cu speranţa că ceva bun i se va întâmpla la capătul fiecărei aşteptări.

***

Zilele se scurg încet, iar nopţile, repede, pentru cineva care iubeşte să privească cerul înstelat.

Azorel iubea stelele. De aproape treisprezece ani, le privea din curtea păsărilor şi nu se putea sătura de ele. Îi plăceau toate, în special cele care plângeau pe cer. Le colecţiona în sufletul său mare. Uitase câte avea, uitase câte îl bucuraseră în nopţile de singurătate. Le păstra totuşi într-un loc în care îşi ţinea cele mai de preţ amintiri, pe mama şi pe fraţii săi, pe Sabina.

Luna nu se arătase încă. Era preferata lui pentru că o simţea mai aproape. Se umplea şi se golea de ea însăşi în fiecare noapte. Nu era niciodată la fel.

Şi totuşi, era aceeaşi.

***

Săptămâna următoare, Sabina nu a venit acasă. În zadar a aşteptat-o Azorel nerăbdător. Poarta nu s-a auzit.

În schimb, s-a întâmplat ceva care avea să îi dea întreaga lume peste cap.

Într-una dintre zile, Nelu, tatăl Sabinei, a mai adus un câine acasă. L-a simţit.

Era un pui negru ca tăciunele care abia deschisese ochii. Îl luaseră şi pe el de lângă mama şi fraţii săi, cu siguranţă.

Cât de nedrepţi puteau fi oamenii.

Puiul se plimba toată ziua după Magda, iar Magda se topea de dragul lui. Parcă era puiul ei.

În sufletul lui Azor se aprinsese o scânteie de invidie. A încercat să o stingă, gândindu-se că aşa fusese şi el, un biet câine dezrădăcinat.

Scânteia a continuat, totuşi, să ardă.

În acea zi, când i-a aruncat bucata de pâine, Magda îl avea pe pui în braţe.

Azorel a mârâit la musafirul nepoftit.

— Pichi, uite-l pe Azor. Să stai departe de el până te faci mare. Îi arăți tu cine e șeful atunci.

A refuzat pâinea și s-a ascuns în cușca lui. Tot ce vrusese era puțină iubire. Se mulțumise cu pâinea. Nu se plânsese de lanț. Puțină iubire era tot ce avea el nevoie.

Săptămâna următoare, Sabina a venit acasă. Pentru Azorică nu a mai avut timp, și-l rezervase pe tot pentru noul animal, mai mult chiar decât își rezervase pentru el în ultimii ani.

Azorică a început să aștepte o altă zi de la sfârșitul unei alte săptămâni în care, poate, Sabina urma să aibă timp și pentru el.

***

Azorel nu a mai apucat următorul sfârșit de săptămână în curtea Sabinei.

Într-o zi, devreme, Nelu a venit la el privindu-l într-un fel pe care câinele nu îl putea recunoaște.

Avea cu el un sac alb de rafie.

Cu o noapte înainte, nu simțise dihorul. Când a auzit păsările urlând ca toate arătările și a început să latre, era prea târziu. Dihorul omorâse două găini și mutilase o rață pe care Nelu a trebuit, oricum, s-o sacrifice.

Se simțise vinovat pentru măcelul înaripatelor, chiar dacă, poate, și-o meritau.

Nu mai era același câine din tinerețe.

L-a prins de ceafă, strâns, cu o mână, şi cu cealaltă i-a desfăcut cureaua din jurul gâtului.

Era şi mâna lui Nelu tot un lanţ. Doar că mai scurt. Doar că mai dureros.

— Vino să ţii de sac.

Magda a ajuns într-un suflet la ei. Puiul de câine se ţinea după ea, ca o umbră mai mică.

Femeia a căscat gura sacului, iar mâna puternică a lui Nelu l-a vârât înăuntru.

Câinele a schelălăit cu jale cât l-au ţinut plămânii, fără ca rugăminţile lui să ajungă la sufletul cuiva.

Nelu a legat gura sacului cu o sârmă.

A auzit-o pe Magda strigând *Hai la mama! Am scăpat de pagubă.*

Atât mai rămăsese el pentru ei? O pagubă? Cât încă nu îl lăsase auzul definitiv? Cât încă îşi mai făcea treaba *aproape* cu sfinţenie? Cu ce le greşise? Aveau alte păsări pe care să le crească. Trei într-un cârd întreg nu însemnau nimic.

A simţit cum se loveşte cu spatele de ceva, apoi a simţit acel ceva vibrând. A auzit sunetul maşinii pe care o ştia de câţiva ani, aceeaşi maşină pentru a cărei sosire se bucura în fiecare seară.

A auzit sunetul porţilor închise şi pe cel al portierei trântite.

Scăpau de el.

Acum, că îmbătrânise, nu le mai era trebuincios. Îi găsiseră un înlocuitor.

În întunericul portbagajului, Azor a plâns.

Nici măcar nu-i aruncase bucata lui de pâine, în acea dimineață.

Azorel a plâns şi a schelălăit tot drumul. Îl implora pe Nelu să-l ia înapoi acasă. Să-l lase să o mai vadă pe Sabina o dată. Nu îşi luase rămas-bun de la fată. Măcar atât îi datora, pentru toate bucuriile pe care i le prilejuise prin simpla ei prezentă.

Timpul în maşină a trecut repede.

A auzit motorul oprindu-se, apoi pe Nelu coborând.

Când bărbatul a deschis uşa portbagajului, a început să se zvârcolească. Voia afară. Voia acasă.

— Stai cuminte! i-a ordonat Nelu.

Câinele s-a mai liniştit puțin. A simțit cum sacul în care se află e mutat. Şi, apoi, nimic.

O uşă trântită.

Sunetul motorului.

Şi liniştea.

Nelu plecase. Îl lăsase acolo, nu ştia unde, într-un sac de rafie legat cu sârmă.

În zadar l-a chemat Azorel înapoi. Pentru bărbat nu au contat şi nu au valorat nimic cei treisprezece ani de loialitate şi de slugărnicie ai câinelui.

Era doar un animal.

Cât suflet să aibă?

***

Câteva ore mai târziu, un cioban găsea, în mijlocul unui drum de câmp, un sac care mişca.

A desfăcut sârma, şi nu mare i-a fost mirarea când înăuntrul lui a găsit un câine.

Nişte nenorociți! O să-i mănânce pă lumea ailaltă!

Aşa zicea moş Mitică, de fiecare dată când găsea animale aruncate pe câmp. El trăise toată viața printre animale, de voie, de nevoie. Şi nu putea înțelege ce suflete aveau în ei acei oameni care le făceau *aşa ceva* animalelor.

Putea să dăsfacă sârma asta, măcar.

Azor a ieşit repede din sac.

L-a mârâit pe bătrân şi s-a dat câțiva paşi în spate.

Moşul a scos din traista de pânză o bucată de mămăligă tare. A rupt jumătate din ea şi i-a aruncat-o câinelui.

A privit-o cu teamă câteva secunde, apoi foamea l-a învins.

Nu era cu nimic mai bună decât pâinea lui de toate zilele. Nici rea nu era.

S-a lins pe bot când a terminat şi a dat vesel din coadă.

Moş Mitică s-a apropiat de el şi i-a pus mâna bătătorită pe cap. L-a scărpinat după ureche, acolo unde îi plăcea cel mai mult.

— De ce te-o fi aruncat?

Ştiau amândoi răspunsul la întrebare. Pentru că îmbătrânise.

— Ăştia şi-ar arunca şi pă mă-sa şi pă tac-su, când nu mai ie buni dă muncă.

Câinele nu l-a înţeles. S-a gudurat pe lângă el, mulţumindu-i pentru mâncare.

— Mai vrei?

A lătrat bucuros.

Ciobanul i-a aruncat şi restul de mămăligă. A înfulecat-o repede, să nu i-o ia cineva.

Îi plăcea câinele. L-ar fi luat la el la târlă, dacă nu mai avea patru. Cinci ar fi fost prea mulţi.

Azorel avea oricum alte planuri. Trebuia să o găsească pe Sabina. Măcar atât îi datora.

A lins mâna murdară a bărbatului. S-a mai lăsat mângâiat puţin şi a plecat.

Se tot uita în urma lui, la cârdul cu oi şi la bărbatul care se făcea tot mai mic, cu fiecare pas al său.

Aceea era viaţa pe care el nu o avusese niciodată. Nu ar fi ştiut cum să o trăiască. Prea multă libertate, pentru cum fusese obişnuit. Ar fi fost şi acolo legat, într-un fel. De oi, de cioban. Doar că altfel. S-ar fi bucurat de aceeaşi libertate de care se bucurau şi raţele din curtea lui.

După o vreme, ciobanul şi oile au dispărut. Aveau să rămână doar o amintire de pus bine, la păstrare, în sufletul său.

Nu ştia unde e şi nici încotro se îndreaptă.

Să te trezeşti într-un pustiu atât de mare, singur, după ce toată viaţa ai stat legat de un stâlp într-o curte poate fi înfricoşător.

Pe Azorel îl speria lumea, chiar şi acea mică parte din ea pe care o cunoscuse.

Dar avea un scop de urmat, un drum de găsit, de parcurs.

La capătul acelui drum îl aştepta Sabina.

Pentru Sabina, merita să meargă oriunde, oricât.

***

Dacă ai lăsa un om într-un pustiu pe care nu-l cunoaşte, fără să poată vorbi, fără să poată citi, ajutat doar de raţiunea şi de picioarele sale, ar putea el să ajungă acasă?

Dacă ai lăsa un câine în acelaşi pustiu, ar reuşi să-şi găsească drumul înapoi către tine, deşi nu meriţi asta?

Azorel se avea doar pe el în acele momente. A continuat să meargă, şi să tot meargă. Avea un fir invizibil de urmat. De-a lungul lui îl purta inima.

Era doar un câine, şi n-ar fi ştiut să spună, nici de-ar fi putut, cum găsise drumul înapoi spre casă.

Se simţea mai aproape de Sabina, cu fiecare pas pe care îl făcea.

Mersese toată ziua, fără încetare.

Stomacul îl rodea acum, obişnuit cu bucata lui de pâine de seară. Un singur lucru îi mergea bine, avea apă din belşug. Plouase mult cu câteva zile înainte şi era pământul plin de băltoace în care să-şi potolească setea.

Când au răsărit stelele, şi-a permis un moment de răgaz.

Sclipirile mărunte i se oglindeau pe cerul negru al ochilor umezi şi mari. Erau mai frumoase decât fuseseră vreodată în curtea Sabinei.

Azorel a simțit, pentru prima dată, că e liber. Nu liber cum erau păsările din curte, nici aşa cum erau oile ciobanului. Era liber cum nu mai fusese nimeni înaintea lui.

Şi era singur.

Iar singurătatea n-ar fi putut să-l facă niciodată fericit.

A urlat la luna dolofană de pe cer şi a pornit din nou la drum.

Ajunsese la marginea unui sat. Noaptea îi era o călăuză bună pentru că îi ținea pe oameni departe. Însă nu îl putea feri de alungările reci ale celorlalți câini care îl lătrau ca pe cel mai aprig duşman.

A găsit, printre gunoaie, ceva de mâncare.

După ce a traversat satul, ocrotit de întunericul nopții, s-a adăpostit la poalele unei glugi de coceni de pe câmp şi a adormit.

Era sleit de puteri, după atâta mers şi chin lăuntric.

Se simțea mai aproape de casă. Ştia că e pe drumul cel bun.

A adormit gândindu-se la Sabina. A visat bucuria fetei când avea să-l revadă.

Nu voia să o dezamăgească.

***

Când a pornit la drum, era deja amiază.

Zilele uscate de vară trecuseră. Nori negri se așternuseră pe cer și amenințau a ploaie.

Vântul sufla cu putere printre frunzele anemice ale copacilor.

Azorel își vedea de drumul său, în ciuda celor care îi erau potrivnice.

A alergat în zadar un iepure, în speranța că va mânca bine în acea zi. S-a mulțumit cu câteva îmbucături de iarbă aproape uscată. Îl durea stomacul.

Încerca, pe cât posibil, să evite satele, dar uneori ocolul era prea mare, și nu avea de ales.

Oamenii se temeau de câinii fără stăpân care le călcau prin sate. Animalele se temeau și ele.

A fost întâmpinat cu pietre și cu înjurături.

N-a primit nici măcar o mângâiere. Până într-o seară.

O bătrână stătea pe bancă, la poartă. Privea lumea de parcă voia să își ia la revedere de la ea. Sau de parcă aștepta pe cineva care întârzia să apară. Era pe jumătate surdă și pe jumătate oarbă. Dar avea mai mult suflet decât toți oamenii pe care îi întâlnise Azorel vreodată.

— Ce faci tu, sărmanule, p-aici?

I-a întins prietenoasă mâna.

Câinele a mirosit-o suspicios. Părea om bun.

S-a lăsat mângâiat.

— O fi turbat, tanti Tanțo! a strigat un trecător din drum.

— E blând, i-a răspuns femeia.

— Să nu iei râie.

Tanța s-a prefăcut că nu îl mai aude. Trecătorul şi-a văzut de drumul lui.

Azorel s-a lungit la picioarele ei, obosit şi bucuros că întâlnise pe cineva capabil să-i ofere un strop de alinare.

— Ți-e foame?

Câinele a dat din coadă încântat. Ducea dorul pâinii lui de acasă.

— Hai cu mine! Vii?

Femeia a deschis larg poarta şi i-a făcut loc să intre. Animalul se temea de oameni, dar, la urma urmei, cel mai mare rău i-l făcuseră aceia pe care îi cunoştea de o viață. Şi-a amintit de cioban, de mâinile care îl scoseseră din acel sac blestemat.

A păşit temător pe aleea de ciment măcinat din curtea femeii, printre crizantemele culcate la pământ de vânt şi ploaie.

În urma lor, poarta rămăsese deschisă.

Tanța a urcat două trepte şi a intrat în casă. Azorel s-a aşezat în fața treptelor, aşteptând cuminte.

Două minute mai târziu, femeia s-a întors cu un castron mare de ciorbă în care dumicase pâine proastă. Mâncarea era caldă.

I-a aşezat castronul în față şi s-a dat câțiva paşi în spate. Câinele a mâncat temător la început, apoi cu toată încrederea. Uitase când a mâncat ultima dată ceva atât de bun şi de îndestulător.

După ce a terminat, Tanța i-a turnat apă în acelaşi castron ciobit.

Vremea se strica, de la un minut la altul. Se pornise o vijelie puternică. Stropi mari de ploaie se arătau răzleți. Noaptea își arăta colții întunecați, lipsită de stele.

Azorel privea poarta deschisă.

– Nu vrei să mai stai, până se potolește ploaia?

Îi era frig. Blana udă și vântul îl făceau să tremure. Voia să ajungă la Sabina, însă nu se putea lupta cu vremea de afară.

– Poți să dormi cu mine.

S-a așezat lângă picioarele ei privind curtea micuță, înțesată cu flori. Putea să rămână o noapte.

Tanța a încuiat poarta de la drum. L-a băgat pe Azorel în casă, la ea în odaie, și i-a făcut un culcuș din haine vechi la capul patului, lângă sobă.

Au adormit târziu în acea noapte. Femeia i-a spus povești pe care nu le mai ascultase nimeni de ani întregi. Cine să le asculte? Rămăsese văduvă și singură de atâția ani.

Câinele a ascultat tot ce i s-a spus. A adormit simțindu-se în siguranță. Tanța avea suflet mare și blând. N-ar fi putut să îi facă rău.

A doua zi de dimineață, când s-au trezit, soarele strălucea cu putere. Vremea urâtă din ziua precedentă era doar o amintire.

Azorel a mâncat bine și în acea dimineață. O parte din el ar fi vrut să rămână. O altă parte voia să o găsească pe Sabina.

Nu putea părăsi un om pe care îl știa de o viață pentru un altul pe care îl știa de o zi.

Tanța a deschis poarta.

– Dacă vrei să pleci, du-te!

Câinele a privit-o cu durere în ochi.

— Să ştii că mie mi-ar place să rămâi.

Cumva, i-ar fi plăcut şi lui. Însă nu se putea. A mângâiat-o cu botul lui umed şi i-a *sărutat* mâna, ca unei mame care avusese grijă de el.

Au păşit împreună pe aleea pavată cu flori. Tanța mergea înainte, şi Azorel, după ea. Mai căpătase o amintire. Avea la cine să se gândească atunci când privea stelele.

Îi părea rău că pleacă. Se simțise... acasă.

Tanța a aşezat pe banca udă de lemn o pungă şifonată de plastic. L-a mai mângâiat puțin pe noul ei prieten şi nu a putut să îşi stăpânească lacrimile.

— Du-te!

Azorel a făcut câțiva paşi, apoi s-a uitat înapoi. Femeia plângea. A plâns şi el. Plecarea din curtea aceea frumoasă era grea.

Dar trebuia să ajungă la Sabina.

A privit în urmă, până când silueta firavă a Tanței s-a stins. Lăsase în urma lui un *acasă*.

Bătrâna s-a întors la viața ei de dinainte. A continuat să privească drumul traversat de atâtea suflete şi să spere că, măcar unul, îşi va face timp şi pentru ea.

***

Trei zile a mai mers Azor prin sate şi pe câmp. Au fost trei zile lungi în care nu a mâncat mai nimic şi în care a băut apă de ploaie murdară.

Au fost trei zile în care oamenii l-au întâmpinat neprietenoşi, plini de ranchiună.

Ce rău să le facă un animal ca Azorel?

Niciunul.

Ce rău i-ar fi putut face ei?

Ce rău *nu* i-ar fi putut face?

Oboseala îi intrase în oasele bătrâne. Viața din lanț îşi spunea cuvântul. Nu mersese niciodată atât de mult. Unde să meargă, când întregul lui univers era cuprins în cei doi metri de lanț?

Era aproape de casă, putea să simtă asta. Nerăbdarea revederii îi cuprinsese întregul trup. Era fericit fără motiv. Şi, cu toate astea, parcă avea toate motivele din lume.

A zărit-o de departe. Poarta cea verde era la fel cum o ştia dintotdeauna. S-a grăbit să ajungă la ea.

Acolo ar fi trebuit să-l aştepte Sabina.

Acolo ar fi trebuit să găsească o bucată de pâine.

Acolo trebuia să fie acasă.

Drumul se sfârşise.

Când a ajuns în fața porții, nu-l aştepta nimeni.

A lătrat cât îl țineau plămânii, ca să le dea de veste că a ajuns acasă, după atâtea zile de chin.

I-a răspuns puiul cel negru ca tăciunele, amenințător. În urma lui, a ieşit din casă Sabina.

Ştiuse el, simțise el că la capătul acelui drum plin de patimi avea să o găsească pe Sabina.

Fata a ieşit pe poartă şi nu a putut să creadă ce vede.

– Ce cauți aici?

Azorel dădea vesel din coadă. Nu a priceput iritarea din vocea ei. A vrut să îi sară în brațe, să îi arate cât o iubește. Pentru ea trecuse prin foc.

— Ești murdar. Pleacă! Pleacă! Ce mai cauți aici?

Câinele nu mai știa ce să creadă. Sabina fusese stâlpul lumii sale mici. Iar acum acea lume se dărâma. O dărâma Sabina însăși.

A intrat în fugă, pe lângă ea, în curte.

S-a dus la locul lui.

S-a așezat cuminte cu botul pe cureaua de piele scorojită care îi rosese blana din jurul gâtului atâția ani. O aștepta pe Magda să-l lege la loc, să își reia viața plină de așteptări și de bucurii mărunte.

— Maaaami! S-a întors Azor.

Magda a apărut numaidecât.

— Cum dracului...?

Azorică a întâmpinat-o și pe ea bucuros.

— Pleacă! Ieși! Du-te! Du-te, că te omoară Nelu!

A luat o coadă de mătură și l-a lovit.

— N-auzi să pleci?

— E surd, mami.

Sabina a luat câteva pietricele de jos și l-a lovit.

Câinele nu înțelegea. Nu voia decât un lanț și o bucată de pâine. Era atât de mult?

Loviturile celor două stăpâne l-au durut. L-au durut mai adânc decât s-ar fi gândit ele.

A fugit. A ieșit pe poarta mare privind înapoi.

— Ieși! a strigat pentru ultima oară Sabina, aruncând încă o piatră.

Poarta s-a trântit în urma lui. Drugul a fost pus. O viață de câine se trăise în acea curte. Iar, în ziua tristă de septembrie, se încheiase.

Azorel s-a învârtit câteva ore prin apropiere refuzând să accepte că atât fusese, că Sabina dăduse uitării toate clipele frumoase petrecute împreună.

Nu mai aveau nevoie de el, îşi luaseră alt câine, unul mai tânăr, mai bun, mai frumos.

Îl chinuia abandonul... Mai mult decât îl chinuiseră zilele de mers şi foamea.

Patruzeci şi şapte de kilometri străbătuse Azorel în cele câteva zile de renegare.

Era doar un animal.

Şi avea, totuşi, mai mult suflet decât au majoritatea oamenilor.

Păcat că prea puțini meritau să se bucure de acel suflet.

Sabina nu merita. Se schimbase. Crescuse. Uitase de el şi de iubirea sinceră pe care i-o putea oferi.

Se lepădase de el. Îl abandonase.

Poate nu-l iubise niciodată, cu adevărat.

***

Seara se lăsa cu o greutate apăsătoare peste sat şi peste Azorel. Stelele nu îi mai puteau aduce alinare, aşa cum o făceau cândva.

S-a aşezat la marginea drumului, pe iarba încă umedă.

Oamenii sunt fiinţe rele. Li se dăruise cu totul, şi ce primise în schimb? Loialitatea lui nu valorase mai mult de o cană cu apă stătută şi o bucată de pâine uscată. Acum, nu mai valora nimic.

Câteva stele palide răsăriseră pe cer, printre nori. Privindu-le, şi-a amintit-o pe Tanţa. Stătea pe banca ei de lemn de la poartă, parcă aşteptându-l pe el.

Şi-a amintit căldura din casa ei, mâncarea bună pe care i-o oferise, poarta deschisă.

Poate cineva l-ar fi iubit şi aşa, bătrân, amărât, obosit.

Azorel a plecat din nou la drum, în acea noapte. Îl dureau picioarele şi sufletul. Uitase deja de foame. Avea certitudinea că la celălalt capăt îl aştepta cineva care îl poate iubi. Mai avusese aceeaşi certitudine în ceea ce o privea pe Sabina. Se înşelase. Însă ceva îi spunea că acum are dreptate.

Drumul înapoi a fost la fel de greu. Chiar mai greu. Ştia să se ferească de oameni acum. Învăţase să caute mâncare printre gunoaiele lor. Totuşi, nu era în deplinătatea puterilor sale.

Zilele şi nopţile s-au scurs la fel, fără a-i aduce ceva mai bun sau ceva mai rău.

Entuziasmul îi trecuse, fiind înlocuit de o oboseală care îi punea stăpânire până şi pe suflet.

În cele din urmă, într-o după-amiază, a ajuns.

Tanţa îl aştepta, la fel ca prima dată, la poartă.

***

Când a plecat din curtea ei, a lăsat în urma sa un gol.

Nu s-a îndurat să-i strângă culcuşul de jos. Spera că se va întoarce la ea într-o zi, ca să stârpească acea singurătate care prinsese rădăcini peste tot.

Din acea zi, n-a mai privit în zare fără scop, neaşteptând pe nimeni.

Din acea zi l-a aşteptat pe el, câinele care îşi făcuse cuib în sufletul ei orfan şi văduv.

Cu fiecare zi care trecea fără ca el să apară, speranța se făcea tot mai mică, se măcina uşor ca pietrele într-un râu.

Toate rugăciunile Tanței erau pentru Azorel. Să nu-l calce vreo maşină, să nu-l mănânce alți câini, să nu-l bată vreun nenorocit.

Voia să-l ştie bine, aşa departe, cum era.

În a şaptea zi de aşteptare, a vrut să strângă hainele pe care dormise câinele. Ceva, totuşi, nu a lăsat-o.

Încă o zi. Putea să-l mai aştepte încă o zi.

A mâncat un ou fiert şi zacuscă pe pâine, apoi a ieşit, ca în fiecare zi din ultimii cincisprezece ani, la poartă, să aştepte.

Pe la ora patru după-amiaza, a început să tune ameninţător. A strâns în şorț lucrul pe care îl începuse şi a ieşit în drum, să arunce o ultimă privire.

Era pe jumătate oarbă şi n-a putut vedea departe. Dacă ar fi putut, l-ar fi zărit pe Azorel venind obosit spre ea.

A chitit pătura subţire de pe bancă. Se făcuse răcoare, iar la vârsta ei avea deja frigul intrat în oase.

Cu lucrul în şorţ şi cu pătura la subsuoară se pregătea să intre în curte, când a oprit-o un lătrat vesel.

Era Azorel.

— Ai venit înapoi.

Câinele arăta jalnic, după atâtea zile ostenitoare de mers.

I-a deschis poarta.

— Haide!

Azorel a intrat înainte fericit. Nu se înşelase. Era, în sfârşit, acasă.

Tanţa a avut grijă de el ca de un copil. L-a hrănit şi l-a îngrijit cum s-a priceput mai bine.

Azor s-a pus repede pe picioare, devenea alt câine. Iubirea şi grija fac bine oricărei vietăţi.

Dăduse nopţile petrecute sub cerul înstelat pentru poveştile din alte vremuri ale Tanţei. Dăduse bucata de pâine pentru mâncare mai bună, şi cuşca rece, pentru culcuşul din odaia bătrânei.

Primise în schimbul unei vieţi de câine o recompensă pe care, din păcate, nu toţi câinii o primeau, deşi o meritau cu vârf şi îndesat.

În curtea Tanţei, poarta stătea mereu deschisă. Ar fi putut oricând să plece.

De ce să plece, totuşi? Avea tot ce îşi putea dori.

Nu era liber în toată puterea cuvântului. Se legase de Tanţa, de bunăvoie.

Cu toate astea, îi plăcea viaţa pe care o ducea acum. Avea mai mult decât visase vreodată.

Avea iubire. Iar iubirea înseamnă să te legi de alții.

Nu ar fi putut să fie liber cu adevărat niciodată, doar că unele *nelibertăți* erau frumoase. Ca a lui.

Lanțul pe care îl știuse atâția ani, o viață, în jurul gâtului său, rămăsese o simplă amintire.

Azorel învățase că există două feluri de legături. Cele care te obligă să stai undeva. Şi cele care îți arată că nu are niciun sens să pleci.

El nu mai găsea sensul în a pleca.

O dăduse uitării pe Sabina. Odată cu ea, dăduse uitării şi acea viață de la care nu primise nimic în schimbul a tot.

***

Trecuse o jumătate de an de când îl alungaseră pe Azorel.

Magda se gândea că o să moară de foame sau călcat de vreo maşină. Puțin îi păsa. Nu putea să-l țină să mănânce o pâine degeaba.

Pichi crescuse, nu mai era doar un pui. Acum se puteau baza pe el.

I-a prins cureaua în jurul gâtului. Câinele s-a smucit. Voia să fie *liber* din nou.

Magda l-a scărpinat puțin între urechi.

— Stai cuminte. O să te-nveți.

Apoi a plecat.

Câteva minute mai târziu, s-a întors.

I-a aruncat o bucată de pâine.

Pe vremea florilor de tei

Singurătatea e o buruiană cu rădăcini puternice. Cu trecerea timpului, sapă mai adânc în suflete, e mai greu de stârpit. Usucă prezentul şi se hrăneşte cu amintiri. Ar fi de ajuns iubirea, singură, s-o smulgă din rădăcini.

Dar, cine are impresia că se găseşte iubire aşa, pe toate drumurile, la fiecare colţ de stradă, se înşală amarnic.

***

— Ce frumos miroasă teii. Mai ţâi minte? Pă vremea asta ne-am cunoscut noi.

— Cum să uit, Sando? Mi-aduci aminte în fiecare an. Dă parcă ar fi vro sărbătoare.

Sanda nu se supăra pe ironiile lui bădărane. Aveau 57 de ani de căsnicie şi doi copii, atâţia le dăduse Dumnezeu, doi băieţi. Le-ar fi plăcut şi o fată, dar nu s-a mai putut.

În 57 de ani terminaseră motivele de supărare. Nu şi pe cele de ceartă. Acelea se găseau pretutindeni.

— O să culeg şi io câteva. Să le pun la uscat.

— Şi ce să faci cu ele?

— Să le pun la uscat.

— Dup-aia.

— Ceai. Ce să fac?

— Ceai dă tei să bei tu. Io nu beau.

— Dă ce?

Ştia atât de bine răspunsul la întrebare. Îl auzise de atâtea ori în atâţia ani. Şi totuşi, încă o amuza.

— Scade potenţa.

— Care potenţă, Ştefane?

— Ce ştii tu, fă? Mă păstrez pentru amante.

Curăţau porumbi într-o albie de tablă, cu mâinile. Sanda privea melancolică teii de la poartă.

— Dacă ţ'-ar merge şi mâinile cum îţ' merge meliţa aia...

— Ia curăță-i sângur, dacă eşti aşa priceput. Mă duc să adun flori dă tei.

— Gata. Abia aşteptai să îț' zâc ceva.

Sanda a luat scăunelul scund pe care stătuse şi s-a dus la poartă. Nu făcea niciodată ceai din teiul pe care îl culegea. Ştefan nu-l bea de teamă că îi scade potența, iar ei nu îi plăcea, îl prefera pe cel de muşețel, era mai dulce. Asta nu o împiedica totuşi să culeagă câteva mâini de flori în fiecare an. Le ținea în fundul prispei, pe o foaie de ziar, să miroasă frumos.

— Poate cazi dă pă scaun, a strigat Ştefan la ea.

— Ce rău ț'-ar părea.

— Aşa crezi tu. Da' n-are cine să-mi mai spele izmenele.

— Să fie al dracu' ăla care ți le-o mai spăla. Auzi la el. Ptiu, drace.

Ştefan şi-a cufundat mâinile în boabele de porumb, căutând ştiuleți. Cum nu a găsit niciunul, s-a ridicat greoi şi a intrat în bucătărie, să-şi toarne un păhărel de țuică. După atâta muncă, merita o mică răsplată.

Era un bărbat înalt şi subțirel, numai oase şi urechi, cum îi zicea adesea Sanda.

— *Ce-oi fi văzut la tine, nu ştiu. Ai nişte urechi numa' bune dă făcut pacele.*

— *Eram dăştept, fă, asta ai văzut la mine.*

— *Erai dat dracu' dă dăştept. Dacă nu te luam io, rămâneai neînsurat... Să zâci bogdaproste.*

— *Zâc, fă, ce să fac?! A dat norocul peste mine. Al dracu' noroc.*

A ieşit cu paharul în mână. Sanda se întorsese cu florile în poală.

— Iar bei?

— Da, fă. Tu altă treabă n-ai, dăcât să îmi ţâi mie socoteală?

De 57 de ani aşa se înţelegeau. Aşa se iubeau. Şi erau fericiţi. În spatele acelor glume pe care nu le luau în serios se ascundea o fundaţie stabilă de încredere pe care cuvintele nu o mai puteau dărâma de multă vreme.

— Aruncă şi tu o mână dă boabe la păsările alea. Nu vez' că stau cu dinţî rânjiţ' la gard?

Sanda a luat cana albastră de plastic şi a umplut-o dintr-o mişcare cu boabe de porumb. A golit-o toată peste gard, iar găinile s-au îmbulzit una peste cealaltă.

— Pune-le şi apă, dacă tot te apucaşi.

— Ce bun eşti dă dat ordine...

— M-am născut şef.

Bătrâna a bombănit. La vârsta ei, răbdarea nu era un atu. Pisălogeala lui Ştefan o scotea din sărite adesea.

A luat găleata cu apă şi a umplut trocul păsărilor.

— Te-au mai sunat?

Ştefan se aşezase pe treptele din faţa uşii. Îşi sufleca mânecile cămăşii. Nu venise încă vara cu arşiţa ei, dar nici primăvară nu mai era.

— Săptămâna trecută.

— Sună-i şi tu.

— Lasă-i. Poate au treabă. Sună ei, când or putea.

— Ăştia uită. Îi ştiu io.

— Ş'-aduc ei aminte.

— Când om muri.

Pe amândoi îi apăsa dorul de copii. Chiar dacă aceşti copii aveau la rândul lor copii şi nepoţi.

Îi uitaseră. Se mutaseră departe de ei, departe de satul sărăcăcios în care crescuseră. Erau domni de oraş acum. Aveau vieţi ocupate de muncă, neveste, tabieturi sfinte. Se pregăteau să crească nepoţi. Ştiuseră să îşi ţină copiii aproape, pe lângă ei, să nu rămână singuri, ca ai lor părinţi.

Sanda şi Ştefan le lăsaseră aripile să crească. Îi däduseră la şcoli. Se mândriseră cu ei că sunt deştepţi şi realizaţi.

Acele realizări însemnaseră înstrăinare. Dar cărui părinte, care se poate numi cu adevărat *părinte,* îi pasă că rămâne singur pe lume, atâta vreme cât copiii îi sunt fericiţi şi realizaţi?

Lor nu le păsase.

Se agăţau de un telefon grăbit pe care îl primeau, poate, o dată pe săptămână, când de la unul, când de la celălalt.

— Ţi-l dau şi pe Ştefan, le spunea de fiecare dată Sanda.

— *Lasă, că îi spui matale ce am vorbit. Am treabă. Nu pot să vorbesc de două ori,* venea răspunsul de la celălalt capăt.

Ştefan pretindea că nu pune la inimă. Era bărbat în toată firea. Pe el, melodramele astea de femei îl lăsau rece. Adânc în sufletul său, însă, se topea de dorul vremurilor când îşi avea ambii băieţi cu el la masă.

Nepoţi nu crescuseră. Stăteau prea departe. Îi văzuseră de câteva ori pe an, când erau mici, iar, când s-au făcut mari, legăturile erau prea slabe ca să îi mai aducă pe la ei.

Rămăseseră singuri.

***

— Tu ce mai faci, Sandă? Cum mai eşti? Văd că ț-ai revenit.

— Da' n-am avut nimic. Dân ce să-mi revin? Sânt sănătoasă tun. N-am mai fost în spital dă când l-am născut pă Mihai. Şi nici nu mi-e dor să mă duc.

Valerica, vecina din spatele casei, a privit-o compătimitor şi puțin amuzată. O ştia pe Sanda de vreo zece ani, putea să-i fie mamă. Şi îi fusese, în anumite momente. Bătrâna mai uita lucruri de ceva timp, îi punea aceleaşi întrebări de mai multe ori, dar era de înțeles, la vârsta ei. Poate aşa era cel mai bine.

Uitarea face bine la suflet.

— Ia, poftim cornulețele astea.

— Iar îmi strici postu'.

— Care post, Sandă?

— Ăla de Sâm-Pietru.

— Lasă, că nu e d-ăla important. Nici n-am auzit dă el.

Sanda şi-a făcut cruce.

— Iart-o, Doamne!

— Iartă-mă, Doamne! a imitat-o Valerica făcându-şi cruce şi ea.

Sanda nu prea le avea cu mersul la biserică. Era departe. Iar preotul nu îi intrase la inimă în niciun fel. Ținea toate posturile, în mare parte, dacă nu se nimerea să i le strice Valerica, ceea ce se întâmpla destul de des.

Era şi slobodă la gură. Nu zicea cu răutate, şi se căia mai apoi. Aşa era ea. Nu reuşise să se schimbe ani de-a rândul, nu se schimba nici la bătrânețe.

În sufletul ei se ştia curată şi-l păstra acolo pe Dumnezeu, îi făcuse icoană. Spera să fie de ajuns la Judecata de Apoi.

– Mă duc, că am altele în cuptor.

– Să trăieşti! Du-te sănătoasă!

Farfuria era caldă. Cornulețele pline de zahăr pudră o îndemnau la păcat. N-avea să reziste.

– Ştefane!

– Ce vrei, fă?

– Ne dădu Valerica nişte cornulețe. Vrei?

– Adu-mi şi mie câteva.

S-a dus cu farfuria în cămăruța lor răcoroasă.

Împărțiseră toată viața ce avuseseră.

Şi bune, şi rele.

***

– Mai ții minte, Ştefane, ce frumoşi am fost la nuntă?

– Ia mai povesteşte-mi tu o dată.

Sanda a ignorat ironia bătrânului. Fusese cea mai frumoasă zi din viața ei. Se învârtise pământul în jurul său, şi toată lumea avusese ochi doar pentru splendoarea pe care o căpătase.

— Mai mult io, decât tine.

— Ai fost dată dracu' tu.

Stăteau pe un brâu de pod, la poartă, şi vorbeau tare. Vecini, în afară de Valerica, mai aveau la două, trei case distanță. Restul se curățaseră pe rând. Copiii nu mai rămâneau la sat, plecau după iluzii la oraş. Îşi lăsau părinții să îmbătrânească şi să moară singuri.

— Mi-a făcut mămica rochia. A țăsut-o ea-n război şi i-a cusut dă mână floricele albe. Un an a muncit la ea.

— Ca s-o porți tu o zi. S-a pungălit degeaba. Mai bine îț' cumpăra ceva.

— Cu ce să cumpere, Ştefane, că mai aveau şase în urma mea dă măritat?!

Ştefan îi ştia *situația* de dinainte de măritiş, însă avea *datorii* de plătit.

— M-ai găsât pă mine mai prost, să te iau fără zestre. Am şi urechile mari.

— Mi-a plăcut dă tine şi aşa.

— Ce să zâci acuma?! Cu urechi mari, fără urechi mari, are casă şi pământ, Sando, ia-l, până nu ți-l ia alta.

Se luaseră din dragoste. Din acest motiv îşi puteau *striga* unul celuilalt vrute şi nevrute. Sanda fusese una dintre cele mai frumoase fete din sat, dacă nu chiar cea mai frumoasă. Aşa credea Ştefan. Şi nu era doar frumusețea de ea, îi mergea mintea, era muncitoare, dulce la vorbă... Atunci. Cu timpul, i se mai iuțise vorba.

Nu fusese nici el de lepădat. Recunoştea cu inima împăcată că îl cam stricau urechile clăpăuge, însă n-avea nimeni curaj să sufle în faţa lui. Îşi câştigase într-o vreme reputaţie de derbedeu, dar când s-a aşezat la casa lui, mult mai târziu decât ar fi fost cazul, a luat foarte în serios responsabilitatea de cap de familie.

— Ai fost frumos şi cu urechile mari.

Sanda retrăia pe jumătate ziua nunţii.

Amintirile pot face şi ele bine la suflet.

— Şi-acuma, nu mai sânt?

— Ai îmbătrânit, Ştefane. Am îmbătrânit amândoi. Nu mai sântem ce am fost.

— Poate tu. Io cred că mă duc pă la Lenuţa s-o întreb dacă are vreun bec dă înşurubat.

— Nu ţă ruşine? Om bătrân... Îţ' arde dă *înşurubat* becuri.

— Dacă tu spui că nu mai sânt cine am fost.

Bătrâna încă nu se trezise complet din visarea frumoasă.

— A zâs popa că sânt cea mai frumoasă mireasă pă care a văzut-o.

— Ai fost, fă. Da' bine că pă mine nu m-ai crezut. L-ai crezut pă popa. Aşa le spunea la toate.

— Şi tu nu?

— Io ţ-am spus doar ţâie.

O lacrimă rotundă s-a rostogolit pe obrazul uscat. A şters-o ruşinată, să n-o vadă cineva.

El îi spusese doar ei.

***

— Domn' doctor, îi e rău. Nu ştiu ce are. A scuipat sânge. Şi tuşeşte.

Sanda era îngrozită. Bărbatul ei nu se îmbolnăvise niciodată. Era un munte de sănătate care acum începuse să cadă.

-L-aş aduce la dispensar, domn' doctor, da' e noapte şi e departe şi nu mai pot să merg aşa mult.

Îl privea pe Ştefan. Era întins în pat şi se îneca de tuse.

Ţinea receptorul telefonului fix cu ambele mâini. Îşi dăduse basmaua după ureche ca să audă mai bine.

— Veniţ' dumneavoastră?

Bărbatul de la celălalt capăt a bolborosit ceva enervat.

— Să veniţ' repede, da? Nu ştiu ce să-i mai fac.

A pus receptorul la loc, plină de speranţă.

L-a ţinut de mână pe Ştefan, până s-a enervat. Tusea era cea care îl supăra cu adevărat, dar nu îşi putea vărsa nervii pe ea.

— Lasă-mă! a spus el între două accese de tuse.

Şi-a tras mâna dintr-ale ei.

Rănită, a plecat să facă un ceai. Era singurul leac pe care îl cunoştea.

Avea doar flori tei în casă.

Când s-a întors la Ştefan, tusea i se mai potolise. A refuzat ceaiul.

Sanda a pus cana pe masa de lângă pat.

Ştefan s-a ridicat. Voia afară, la aer curat. Picioarele nu l-au ajutat. În căderea lui moale, s-a sprijinit de masă. Câteva secunde mai târziu, zăcea lungit pe pardoseala veche de brad.

Cana de ceai se spărsese.

***

Doctorul nu a venit. Era prea ocupat pentru problemele *mărunte*.

Ştefan se simțea mai bine. Tusea încetase. Viața revenise la normal. Oamenii trec peste multe lucruri cu uşurință, atât timp cât nu îi doare nimic.

Pe Ştefan nu-l durea nimic. Poate, câteodată doar, sufletul.

Pentru suflet nu se inventaseră încă medicamente, şi nici doctori nu existau.

Stăteau amândoi pe treptele din fața casei. Sanda îşi făcea griji. Ştefan încerca să se gândească în altă parte.

– Adu-mi un pahar cu țuică.

Sanda s-a ridicat. L-a judecat o clipă, până să-şi dea seama că nu ea e cea care are dreptul să îi judece pe oameni. I-a turnat țuică în pahar, fără tragere de inimă.

– Ăia n-au mai sunat?

– Nu...

Se gândise să îi sune ea, cu o seară în urmă, când i se făcuse rău lui Ştefan. Îl aşteptase pe doctor să îi zică ceva concret, să ştie să le răspundă la întrebări. Cum doctorul nu venise, iar Ştefan se simţea mai bine, a amânat telefonul.

— Moare omul în casă, şi n-ar da un telefon.

— Au treabă...

— Au treabă, pă dracu'. Nu-i mai interesază. Le-ar fi mai bine dacă-am muri.

— Ştefane, nu mai vorbi aşa, că te-aude Dumnezău.

— Nu ştie deja?

— Lasă-i, că aşa sânt copiii.

— Nu mai sânt copii, Sandă. Ne-ajung dân urmă cu bătrâneţea. O să vadă ei. Tot aşa o să-ajungă.

— Aşa ajungem toţi, Ştefane.

— Măcar nu le mai lua partea. Parcă ţâie nu ţă dor.

Trăia şi ea dorul acela nenorocit pe care nu putea să şi-l scoată din piept. Îi rămăseseră amintirile. Se agăţase de ele şi le retrăia ori de câte ori simţea nevoia să o facă.

Îi era şi ei dor, dar era mamă. Putea înţelege că viaţa merge mai departe şi fără bătrânii pe care i-ai lăsat într-o odaie veche acasă.

— O să sune ei.

Ştefan a dat pe gât ţuica rămasă în pahar.

Se învinovăţea că nu ştiuse să îi apropie mai mult de el. Îi crescuse să fie bărbaţi, să nu se lase copleşiţi de sentimentalisme femeieşti. Dar, de la o vârstă, nu mai ducea unele trăiri, aşa cum le ducea în tinereţe. Ele copleşesc, strâng, frâng şi ard.

Avea pe lume o casă, o limbă de pământ, teii de la poartă, o nevastă şi doi băieţi. Toată averea lui, atât de puţină şi, totuşi, nepreţuită.

Fără copii, o avea pe Sanda. Iar fără Sanda, putea să spună liniştit că nu i-a mai rămas nimic.

A privit bătrâna de lângă el. Cât de neiertători erau anii. Îi luaseră tinereţea, îi albiseră părul şi o uscaseră ca pe o boabă de strugure.

Tot frumoasă era.

A sărutat-o pe creştet. Câţi ani trecuseră de când n-o mai sărutase?

— Te pomeneşti c-oi fi intrat în anu' morţii.

A regretat imediat cuvintele rostite. Nu a putut să le ia înapoi. Ştefan s-a prefăcut că nu le aude.

Îi luase timpul şi inocenţa.

Sanda a pus bine la păstrat amintirea sărutului primit. Se născuse în zodia cancerului. O condamnase norocul să meargă toată viaţa înapoi, să se întoarcă la trecut, să nu poată trăi o zi de azi, fără să se uite peste umăr la ce lăsase în spate, la ziua de ieri.

Avea să se întoarcă mereu cu drag la amintirea acelui sărut.

***

— Părinte, moare! Vino să-l grijeşti, că-i aprind lumânările.

În creierii nopţii, Sanda disperase. Ştefan tuşea din nou fără oprire. Scuipase o cană de sânge.

Doctorul nu i-a mai răspuns. Pe preot l-a sunat de trei ori, până să dea de el.

Mori sângur în casă şi nu dai dă nimeni, se gândise Sanda.

— Părinte, moare!

Începuse să plângă. Disperarea o strângea în ghearele sale lungi şi ascuţite. Ştefan nu avea voie să moară.

Ce s-ar fi făcut ea fără el?

La celălalt capăt al firului, preotul încerca fără sorţi de izbândă să o facă să se liniştească. Sanda a reuşit să-i smulgă promisiunea că va veni cât poate de repede să-l grijească pe Ştefan.

Dacă ar fi putut, bătrânul i-ar fi zis de toţi sfinţii. Din partea lui, putea să moară liniştit şi fără orânduieli bisericeşti.

În cele din urmă, târziu în noapte, s-a liniştit. Îşi dădea seama că ceva urât i se întâmplă. Însă trecuse el altele mai rele de atât. Avea să o treacă şi pe asta.

Sanda ieşea la fiecare cinci minute în prispă să vadă dacă a venit popa.

— Nu vine, fă.

— A spus că vine.

— Dacă îţ' spun io că nu vine...

Ştefan avusese dreptate. Preotul nu venise în acea noapte. Nici ziua următoare.

Sanda era acum şi mai pornită împotriva lui.

— Îl mai sun mâine.

— Să te grijească pă tine. Io m-am făcut bine.

Spera să aibă dreptate. Ceva în sufletul ei o făcea să aibă mari îndoieli.

***

Ştefan stătea mai mult afară, la soare.

Teii nu se petrecuseră încă. Îi aduceau şi lui aminte de tinereţe, de viaţa frumoasă pe care o duseseră. Le-a fost greu în unele momente, dar au trecut cu bine peste toate sprijinindu-se unul pe celălalt.

— Sandă! Adă-mi şi mie un pahar cu ţuică.

Sanda spăla străchini într-o oală mare, cu apă rece.

— D-oi vrea tu să o laşi... A dracu' băutură.

Ştefan nu fusese vreun beţiv la viaţa lui. Putea număra pe degetele de la o mână dăţile când se îmbătase. De când trecuse pragul celor 70 de ani, ţuica era plăcerea lui nevinovată. Bea puţin, unul sau două păhărele pe zi, pentru poftă de mâncare sau ca să-i mai treacă vreo supărare.

— N-o las, fă! Dă ce s-o las?

Era o întrebare fără un răspuns corect, aşa că Sanda i-a turnat cincizeci de grame de ţuică şi i-a dus paharul.

— Pentru ce mai trăim, fă? Aia nu, aia nu. Pentru ce?

— Trăim cât ne-o lăsa Dumnezău, Ştefane.

— Cât vrea Dumnezău?! Păi să nu mă mai lase, fă, că mi s-a luat. Mi s-a urât.

Sanda nu a spus nimic. Erau rare momentele în care Ştefan răbufnea, iar, când se întâmpla, trebuia lăsat în pace.

— Ăia nu sună, nu vin, stăm aci sânguri şi aşteptăm zâua dă mâine. Şi mâine o aşteptăm pă aia dă poimâine. Şi dă ce să aşteptăm? Că tot acolo ajungem toţi, între patru blăni, la doi metri sub pământ.

A aruncat paharul pe pământul uscat. I s-a împrăştiat în zeci de bucăţi la picioare.

Ultimele zile nu trecuseră fără să lase urme asupra lui. Până şi optimismul părea să-l părăsească.

Sanda a luat mătura de lângă uşă. S-a grăbit să strângă cioburile, până la ultimul.

Printre ele, i s-a strecurat o lacrimă.

***

— Dane, mamă, moare tac-tu!

Când şi-a dat seama că starea lui Ştefan se înrăutăţeşte şi nu poate pune bază nici în preot, nici în doctor, Sandei îi mai rămăseseră doar două numere pe foaia de lângă telefon, ale celor doi fii.

Dan a încercat cât a putut să o liniştească, să îi spună că o să fie bine.

Sanda nu se lăsa deloc convinsă.

— *Vin mâine la tine*, a auzit într-un sfârşit. Şi a fost suficient ca să se poată linişti.

— A zâs că vine... Vine mâine.

Ştefan mai auzise şi alte promisiuni. Voia să vadă faptele cu ochii lui.

A doua zi, Sanda l-a aşteptat cu sufletul la gură pe Dan.

Când a ajuns bărbatul, ea stătea pe pământul tare de sub teii ale căror flori se petreceau.

— Ai venit...

Parcă nu îşi putea crede ochilor.

— Am venit.

— Să vezi când te-o vedea tac-tu. I să făcuse aşa un dor şi lui.

A ajutat-o să se ridice. Au intrat sprijiniţi unul de celălalt în curtea neschimbată.

S-au aşezat pe trepte, unul cu inima plină de bucurie, celălalt, cu ea sfâşiată.

— Ştefane! Ieşi până afară, c-a venit Dan. Ţ-am spus că vine. Uite-l, mânca-l-ar mama dă băiat. Ai îmbătrânit şi tu.

I-a mângâiat obrazul neras cu mâna ei bătătorită.

— Ştefane!

A vrut să se ridice, dar mâna puternică a fiului a ţinut-o pe loc.

— Mamă...

— Ce e? Să vină şi el. Să nu vorbeşti de două ori. Dacă ai şti dă câte ori a întrebat când veniţ'. În fiecare zi mă întreba şi mă punea să vă sun. Da' nu v-am sunat, că aveţi treabă şi voi. Am aşteptat să sunaţi voi. Asară n-am mai putut. I s-a făcut rău dă tot. Credeam că moare. Spre dimineaţă îşi mai reveni.

— Mamă...

— Acuma e bine. Vrusei să te sun să-ţi spun, dar mă gândii că deja plecaşi dă acasă. Ştefane, dă ce nu ieşi?

— Mamă, e mort!

— Cine e mort?

— Tata. E mort de un an.

Pentru o secundă, realitatea crudă a lovit-o din moalele capului, până în adâncul sufletului.

— Termină cu prostiile, că te aude Dumnezău. Aşa începuse şi tac-tu mai dăunăzi, că v-ar fi vouă mai bine fără noi. Ce vorbă e aia? Mă duc să-l scot afară.

Sanda s-a ridicat şi a intrat în casă. Dan a urmat-o cu mai puţină tragere de inimă.

Bătrâna s-a aşezat pe patul gol. Bărbatul o privea cu lacrimi în ochi din pragul uşii.

Greşiseră când o lăsaseră singură.

Singurătatea nu face bine sufletelor bătrâne.

Greşiseră când amânaseră să o sune, sau când lăsaseră timpul să treacă fără a o vizita. Moartea lui Ştefan lăsase urme şi asupra lor, dar erau urme care puteau fi şterse, în mare parte, de timp. Urmele pe care le lăsase pe sufletul Sandei nu puteau fi şterse, nu puteau fi uitate sau ignorate. Avea să le poarte cu ea, câte zile îi mai rămăseseră de trăit.

— Nu mai e... S-a dus...

A retrăit moartea celui care îi fusese alături zi de zi timp de 56 de ani. L-a jelit. L-a implorat să o ia la el, să nu o mai lase singură, a nimănui.

A suferit ca un câine toată acea zi, până a revenit cu totul la realitate.

— V-a iubit ca pă ochii dân cap, şi l-aţi lăsat să moară sângur. Păi nu vă vede, mă, mamă, Dumnezău?

Dan îşi acceptase păcatele. Şi pe ale fratelui său. Timpul înapoi nu mai putea să-l dea, aşa că tot ce îi rămânea de făcut era să îi pară rău.

— Nu vrei să vii cu mine?

— La oraş?

— Da. N-o să mai fii singură.

— Şi să-mi las casa mea? A mea şi a lu' Ştefan...

— Tata s-a dus. Aşa e viaţa.

I-ar fi plăcut să fie altfel viaţa. Să se ducă ea prima. Sau să se aducă amândoi, împreună.

— Nu vin.

— Ţi-ar fi mai bine. Ne-ai avea lângă tine.

— Nu vin. Nu plec d-aci.

Oricât s-ar fi străduit Dan să o convingă, Sanda era de neînduplecat.

El nu a putut să rămână peste noapte. A doua zi mergea la serviciu.

Sanda, rămasă cu amărăciunea ei, a continuat să-l jelească pe Ştefan.

Dă ce nu m-ai luat cu tine, Ştefane? Tu nu ştiai că mi-e urât să stau sângură?

Era singurul reproş pe care avea să i-l facă în toţi acei 56 de ani trăiţi împreună.

O lăsase singură.

***

Sanda a ieşit în curte cu două scaune. Le-a aşezat undeva la umbră, să nu îi bată soarele în cap.

Era o vreme atât de frumoasă. Un vânticel cald mângâia pielea. Verdele viu din jur trezea amintiri.

Înfloriseră teii. Aproape se trecuseră florile, dar parfumul încă se simțea în aer.

Sanda a închis ochii şi s-a lăsat alinată de soarele cald al începutului de vară.

— *Ce frumos miroasă teii. Mai țâi minte? Pă vremea asta ne-am cunoscut noi.*

Epilog

Cât este adevăr şi cât este ficţiune în toate aceste poveşti?

Nu aş putea spune cu exactitate, dar înclin să cred că adevărul şi ficţiunea se împletesc în proporţii egale. Toate subiectele poveştilor sunt reale, la fel şi unele personaje, de la caracterele lor până la ticurile verbale. Ficţiunea intervine ca un liant între aceşti oameni şi acele situaţii, adăugând o tuşă de originalitate.

Mi-am permis să renunţ la cenzură şi să depăşesc limitările „corectitudinii" gramaticale, din dorinţa de a crea personaje autentice pe care cititorul să le înţeleagă mai bine.

Am ales o scriitură simplă, fără înflorituri exagerate, pentru a face loc emoţiilor printre rânduri.

„Suflete captive" nu este o carte pentru toţi, dar este o carte pe care am simţit că trebuie să o scriu.

CUPRINS

BOOKZONE